J'ai tant rêvé de toi

Olivier Poivre d'Arvor
et Patrick Poivre d'Arvor

J'ai tant rêvé
de toi

ROMAN

Albin Michel

IL A ÉTÉ TIRÉ DE CET OUVRAGE

Trente exemplaires
sur vélin bouffant des papeteries Salzer
dont vingt exemplaires numérotés de 1 *à* 20
et dix exemplaires, hors commerce, numérotés de I *à* X

À Solenn

« Ce que j'écris ici ou ailleurs n'intéressera sans doute dans l'avenir que quelques curieux espacés au long des années. Tous les vingt-cinq ou trente ans, on exhumera dans des publications confidentielles mon nom et quelques extraits, toujours les mêmes. Les poèmes pour enfants auront survécu un peu plus longtemps que le reste. J'appartiendrai au chapitre de la curiosité limitée. Mais cela durera plus longtemps que beaucoup des paperasses contemporaines. »

Robert DESNOS

1

Craignez de réveiller la furtive endormie

ET si j'étais guérie.
Mon reflet dans la glace, l'épaisseur du tatouage sur ma peau, cette petite épaisseur de chair autour des hanches, des fesses, du nombril, mes rondeurs revenues que je ne refuse plus : je crois bien que je revis.

Vendredi 27 janvier 1995. Aujourd'hui. Demain, presque. Très tard, autour de minuit. Prague, République tchèque. La ville des passages s'engage déjà dans le jour qui suit. Va-t-il neiger, enfin ?

J'ai dîné dans ma chambre. Room-service. J'ai commandé, mot magique. À volonté, rare occasion. On m'a obéi, servie, chérie. Je me suis fait plaisir, plaisir, mot tabou. Je prends ça, je prends ci, et ceci et cela. À la carte : poissons fumés, saumon, hareng et truite, avec de gros cornichons molossols, un petit pot de crème acide, un verre de riesling slovaque, une belle assiette de *knedeliks* aux prunes de Brno. Dîner de rêve. Hôtel Yalta : luxe à l'ancienne, charme slave, quelques restes soviétiques tout de même. Chambre 615. J'attends à peine, on frappe, un homme tout habillé de sombre, papillon à la gorge, queue-de-pie dans le dos, pingouin mécanique, me sert. Enfin ! Fini la sonde, les tuyaux dans le nez, les doigts dans la bouche, le cauchemar naso-gastrique. Je mange à ma faim, désormais. À pleines dents, je croque la vie comme cette pomme juteuse. Je suis une fille stabilisée.

Mon existence durant, je m'en souviendrai. De ce voyage en moi-même, au ras de l'os. De cette guérison à coups de serpe. Et de Prague qui, tout le jour, n'a su émerger de ses brumes, ni le ciel se délester de sa neige.

Dans dix-huit minutes exactement, la journée s'achève. À l'horloge aux aiguilles inversées, sur la grand-place de la Vieille Ville, le compte est presque bon. Havel, saint Václav, moine

philosophe et laïque, a libéré le pays de sa torpeur. Prague renaît. Mon amoureux est rentré
chez nous, à Paris. À l'ambassade de France,
palais Buquoy, on a jeté les petits-fours et le
champagne est retourné au frais. Bohême
mélancolique. Minuit moins dix-sept. L'heure
des chats qui rôdent. Pipo, Juan et Bouffi
cherchent en vain leur maître par les rues gla-
ciales. Le vent est vif. À l'esplanade des martyrs
de la Montagne Blanche, j'ai préféré la chaleur
d'une chambre d'hôtel aux murs tapissés d'une
moquette brune, laide, pelucheuse.

Froid de neige qui s'annonce sur Prague
assoupie.

Du plus bas de la table de nuit en aggloméré
teinté, le gros réveil made in URSS fait également téléphone, enregistreur de messages et
poste de radio à ondes courtes, moyennes et
longues, en scandant chaque minute d'un petit
clac métallique. Il y a peu encore, il abritait le
micro directement relié aux services spécialisés.
Minuit moins quinze. J'écris à la table, petite
et raboteuse, de ma chambre de l'hôtel Yalta.

Il va neiger ou je rêve, j'ai tant rêvé qu'il neige, toute la journée. Et par la fenêtre, je vois la nuit se préparer à tout blanchir, tout endormir, à taire à jamais douleur, colère, battements trop rudes du cœur.

J'ai besoin, après tant de vacarme, de ce silence.

La ville remâche ses rumeurs, porte ses échos, roule de gros mots, gronde par ses gens. Une révolution qu'on a dite de Velours. Rages et repentirs bruissent et montent jusqu'au ciel du saint cavalier libérateur de la Bohême.

Dans ma chambre mansardée, je vis sous le toit du monde et la fenêtre, haute et étroite, mal jointoyée, laisse passer l'air entre verre, mastic et bois. J'écris assez lentement, au rythme des heures révolues d'une journée peu ordinaire dans la grisaille tchèque, je laisse échapper des phrases qui se tortillent, se cassent, s'entrechoquent, grincent comme les voitures du tramway de la ligne 14, entre Letná et Vyšehrad.

J'écris dans la nuit des transports.

Une nuit qui, peu à peu, se fait de plus en plus blanche. Simple et blanche. Tombe, neige, floconne et blanchis-nous. Un retour à l'enfance ! Il neige ! Et à Prague la neige est rose, comme un tableau de Foujita. Le peintre japonais de Paris y a jeté un tube et du pigment. Rose. Un néon éclaire le blanc d'une couleur adolescente, un dégradé envahissant de crépuscule dans l'implacable gravité de cette blancheur qui finit par tout étouffer. Néon rose de la place Wenceslas. Je vois des hommes et des femmes avec des gants fourrés et des écharpes épaisses s'enlacer au pied de l'hôtel avant d'entrer, attirés par l'enseigne lumineuse, dans le Flamingo, un dancing pour touristes.

Je pense alors à celle dont je porte le prénom, à Youki – « neige rose » en japonais –, à cette lettre ultime que lui adresse le poète Robert Desnos, fou d'elle, à ce roman d'amour d'un genre tout à fait nouveau qu'il lui demande d'annoncer, pour les trois mois à venir, à son éditeur, Gaston Gallimard.

Minuit sonne à l'horloge. Je suis née en ce jour où j'ai failli mourir. Maintenant, je vais enfin pouvoir dormir. Manger encore, ne plus peser, trier, cacher, restituer. Le crime est accompli, je vais renaître. Jouir, me satisfaire, me donner sans retenue, vivre simplement.

Mais avant tout il me faut dérouler le fil de la journée qui m'a vue ressusciter, ce vendredi de mes plus hautes espérances, il me faut retracer le chemin du petit matin où tout était encore confus à cette heure divine de la nuit où enfin je renais.

Je m'appelle Youki et désormais je sais pourquoi je vis.

2

Les ongles des femmes
seront des cygnes étranglés

JE ne suis pas japonaise, malgré mon prénom. Youki Roussel. Juste la fille de ma mère. Père ? Inconnu, jusqu'à ce matin. J'ai vingt-six ans. On m'assure que je suis belle, je passe mon temps à répondre que je n'en crois pas un mot. On ne cesse de me dire que j'aime trop les hommes, et je répète que j'aime les faire trembler, jusqu'au vertige. D'aucuns me disent nymphomane, comme grisés par l'idée, son soufre évocateur. D'autres me jugent « gourmande ». Gourmande, une anorexique ? Expéditive, plutôt. J'aime prendre, vite, et jeter plus vite encore.

À l'aube de ce 27 janvier, un homme est sorti de ma chambre. Un homme en plus, un homme de plus, le dernier. Tout en muscles, lourd contre moi. Il devait être marié, celui-là, à sa manière de filer, avant que passent le laitier et la benne à ordures, et de tirer la porte derrière lui, queue basse, en douce. Avec lui, je n'ai pas dit un mot, rien échangé que des secousses, des tiraillements, des frottements de chairs, fronts et nuques suant l'alcool. Moi, humide et assoiffée, sans aucune mémoire de son visage.

Les souvenirs restent embrumés comme les petits matins de Prague. Cet inconnu, je l'ai sans doute rencontré à la brasserie U Malířů à l'heure où l'aube blanche s'écroule en larmes, comme le dit le seul homme digne de confiance sur cette terre de crabes, singes et autres filous nerveux. Mon maître à vivre, le poète Robert Desnos.

Sa main m'a palpée, jaugée. Je plais aux hommes. Mon grand tatouage, un ours dressé face à une comète, près du nombril, intrigue, mais excite également. J'ai l'habitude. Je tiens la chose de ma mère qui s'y connaissait en secrets de séduction. Nous sommes montés jusqu'à ma chambre en saluant d'un clin d'œil la vieille femme à la réception du Yalta, montés encore, l'un contre l'autre, dressés, béants, quoique jamais ensemble.

Depuis quatre jours que je suis arrivée à Prague, on me parle en allemand. *Prager-deutsch.*

Sind sie allein ? (Êtes-vous seule ?) *Frau* Youki Roussel, *Zimmer* 615.

Et je réponds toujours, d'un hochement de tête résigné, que oui.

Oui à tout, pourvu que ce soit un ordre.

La chambre 615. La fameuse, la fondatrice. La chambre matrice, l'origine du monde, de ma venue au monde. Je n'en aurais pas voulu d'autre. Je suis venue pour elle, pour l'habiter. Une fois l'homme parti, j'ai regardé entre mes cuisses, dans la pénombre des rideaux imparfaitement tirés, et j'ai humé. Parfum de sécrétions intimes et de *slivovice*, de pommes écrasées, fermentées, et vapeurs d'alcool à étourdir. Odeurs des caves des maisons de Moravie, là où le fruit, en hiver, se ratatine, se fripe, gèle avant de pourrir au premier soleil. Mon sexe est un alambic. J'ai soif de cette ivresse, le grain me brûle, je ne suis que tubes, serpentins, entonnoir, bouillon, écume, eau-de-vie. Je vis en distillant de l'amour, du matin à minuit. Je bâille, je m'ouvre par mille fentes, mon ours et ma comète bicolores tatoués au nombril, je m'applique contre eux, mes bouilleurs de cru, m'envahis de leur sexe et me fais jouir, à force, toute seule, sans m'occuper autrement. Sans honte, presque fière de moi. Joie de soi, pour une fois, des années sans cela, foi en moi. Mon tatouage est un excellent baromètre de santé : l'ours a repris du poil de la bête, des formes et la comète est presque ronde ! Peau nue du ventre, pas si plat que ça, un peu enflé, rose des derniers reflets du néon du dancing, un peu de sang surtout, sur le haut des cuisses, mes règles enfin. Elles sont revenues, inespérées : mine de rien, mois après mois, cycle d'enfer, à les attendre. Stabilisée, réglée, bientôt libre. Je saigne ! Sang de vie ! Chair de poule, courant d'air glacé sur mes hanches encore un peu trop saillantes, je gèle. Au pied du lit, de ce lit bouleversé des montagnes, l'autre peau, celle de l'homme, qui ne fait que passer. Du bout de l'orteil, j'ai joué avec le capuchon en caoutchouc lourd de son jus. Catapulté la poisse et son boyau de porc contre le miroir, face au lit.

J'ai visé juste : en plein dans la glace.

Même mon reflet, désormais, est éclaboussé de ce tiède amidon anonyme.

Je me regarde de nouveau.

Pas si mal.

Au fond de moi, cependant, bien posée, une certitude. Ma protection contre l'envahissement génétique. Mon stérilet.

Personne, de ce ventre, ne naîtra pour souffrir ce que ma mère et moi avons enduré.

J'ai vu le jour dans le Val-d'Oise, là où on se mélange, jeunes et vieux, pauvres et plus pauvres encore, dégradés du noir au blanc, de jour comme de nuit. Sarcelles, 29 avril 1969. Mais j'ai été conçue ici, à Prague, dans cette chambre de l'hôtel Yalta. Précisément. Trois trimestres plus tôt. Chambre 615. C'est là aussi que j'avais songé à disparaître. Quitte ou double.

Sache-le, homme qui m'éclabousse, ondoie, mouline et ruisselle. En moi, tu ne te prolongeras pas. Dans la cuvette du lavabo, j'ai craché ton goût de pomme et d'acide, ton tabac, ta salive, cette haleine anonyme et la mémoire de cette langue épaisse qui a fouillé ma gorge. Et je me suis lavée de ces miasmes, frottée jusqu'au sang.

Est-ce donc cela, une belle fille adulée, si souvent désirée ? Quelques vers d'une chanson me reviennent : « Ils se rencontrent à minuit/ Les lèvres ensanglantées lui du sang d'elle/ Et vident encore d'autres bouteilles/ Ils s'embrassent en silence… » Et je chantonne. Toutes ces années, presque sans vie, la poésie m'a servi d'abri, je ne lui dirai jamais assez merci. Et aujourd'hui la petite glace qui surmonte le lavabo a témoigné : un visage de femme à la dérive. Fuyez mes démons. Femme chavirée, femme basculée, soulevée plus haut que montagnes et ciel, prise en tenaille, fini la femme écartelée. Et comme pour relever le défi, effacer les traces de cette course cruelle, deux bras, deux mains, dix doigts qui, des tempes, font

J'ai tant rêvé de toi

remonter autant de mèches blondes sur le faîte de la tête, avec les épaules qui soupirent en s'étirant vers l'arrière.

3

La prodigieuse marée commence enfin,
il vient des amants de partout

C'EST bien la première fois qu'on me paye. Mal, certes, mais un salaire à proportion de mon engagement. L'amour est un travail. Homme, femme, salaire égal. Un jour je travaillerai pour de vrai. Je suis étudiante, j'ai vingt-six ans et je vis à Paris avec un médecin. Gynécologue. Quand Fred découvre mes amants, je lui dis toujours : Je ne t'ai pas trompé, Fred, je le jure, je me suis juste trompée d'homme. Celui qui est sorti de mon lit ce matin n'y reviendra plus, promis. D'autres l'y ont précédé, fugaces, pressés de foutre, de s'en foutre, caressant mon ours tatoué et ma comète à ses côtés, d'autres encore vont s'y noyer le temps d'un tour de reins, d'un filet baveux de jus de ventre.

Le billet vert sur la table de nuit. Dix dollars. Mépris. Méprise. Il m'a méprise. Il m'a si mal

25

prise que j'ai fait semblant de jouir en forçant le mouvement pour aller plus vite. Je joue à la débutante, à la repue qui dort à poings crispés. Entre les cils, j'aperçois, au loin, l'homme qui se dérobe, la porte qui s'entrouvre, son échappée dans le couloir, la cage d'escalier du Yalta. Je me sens plutôt bien. Mais indignée : ce billet est une insulte à mon glorieux curriculum de femme lettrée. DEA et bientôt doctorat ! Spécialiste de Robert Desnos, tout de même ! Rien d'une putain ! Je ne vaux pas dix dollars. J'en vaux dix millions. Une cocotte qui va à l'université, Paris-IV, la Sorbonne, ça vaut de l'or, l'ami tchèque !

Ce que je n'aime pas dans cette transaction, c'est que tu as cru, Michal ou Lubomir ou Bohumil ou Zdenek, que les femmes libérées de l'ouest de l'Europe étaient nécessairement vénales. Six ans pourtant que le velours a caressé la révolution, amorti la chute du Mur. Il est vrai que, sur la route qui va de Plzen à la frontière allemande, les filles tchèques font du bas-côté l'étal de leurs cuisses nues, de leurs fesses rebondies, de leurs seins offerts, bouches et yeux fardés. Tarif unique pour culbute dans le fossé : dix dollars la passe. Le dieu vert, Thomas Jefferson, qui a remplacé le dieu barbu, Karl Marx, en un tournemain, aime les comptes ronds et les étreintes rapides. Tu es donc pardonné, l'ami tchèque, d'avoir été solvable, économe de tes coups de boutoir, précis dans le règlement, juste dans l'égalité de traitement que tu réserves à toutes les femmes que tu honores depuis que ta mère t'a laissé vivre ta vie de branleur ordinaire. Mais n'y reviens jamais !

J'ai jeté le billet par la fenêtre en sifflant entre mes doigts. Une femme s'est retournée, en bas, sur la place Wenceslas. Six étages virevoltant. Dix dollars, c'est une semaine de peine pour elle, le salaire d'un professeur, d'une infirmière-chef, d'un bon journaliste. Le billet a glissé entre les doigts, s'est à peine froissé, a filé dans la manche. Et la femme s'est envolée.

Me voilà purifiée. C'est la faute de mon père, cette haine de l'homme. De mon absence de père. De ce creux en moi qu'aucun désir n'a su combler.

4

*De cocasses créatures d'ombre doivent
se rouler et se combattre et s'embrasser ici*

S EPT heures frappées au carillon voisin.
Je dois me lever, la journée va être rude.
Je suis venue officiellement ici, de Paris, pour
achever ma thèse sur Robert Desnos et rencontrer le grand poète Pavel Kampa... Mon programme commence par une série de visites ; il
se terminera à dix-huit heures trente par
une cérémonie solennelle. Jack Lang, l'ancien
ministre, remettra la cravate de commandeur
de la Légion d'honneur à l'immense Pavel
Kampa, prix Nobel de littérature, en présence
de Václav Havel, président de la République
tchèque, homme de théâtre, leader charisma-
tique du Forum civique en 1989. Gloire,
dorures et grands caïmans.

Entre matin et soir, tant de choses à faire !
S'armer de patience, s'habiller chaudement, ne

rien manquer de ses engagements. Par la fenêtre, j'ai su qu'il ferait froid, humide. Que la brume n'allait pas ou guère se lever. Que nos oreilles rougiraient d'être frottées par le vent glacial qui s'engouffre en toute saison dans la Pariska, comme sur Václavské náměsti. De la neige, peut-être ? Espérons. J'ai pensé à Maman qui a dormi là, dans cette chambre, vingt-sept ans plus tôt. Cette chambre, précisément, qu'elle disait bourrée de micros et de caméras. Si c'était vrai, on aurait retrouvé quelque part, dans les archives de la police communiste, un film inédit : les amours illicites du grand poète national Pavel Kampa et d'une journaliste française, Agathe Roussel.

Quand j'étais plus jeune, on m'appelait la Furtive. J'allais et je venais. La peau et les os. On ne me voyait jamais entrer ni sortir. Comme le furet que me chantait ma Maman : il est passé par ici, il repassera par là. Elle aussi n'est passée que furtivement sur terre. Pas même un demi-siècle. Comme Desnos. Privée du bonheur de retrouver la Prague qu'elle avait connue et aimée, la Prague aujourd'hui libérée.

Agathe, ma mère, est morte, il y a six ans.

J'ai tant rêvé de toi

Son cancer a été foudroyant. À quarante-six ans, on n'est préparé à rien. Quand elle a senti sa fin venir, les dernières heures, elle m'a raconté une belle histoire. Trop belle pour être vraie. Mais je n'ai pas tout perdu ce jour-là : j'ai appris qui était mon père.

5

*Comme une main
à l'instant de la mort*

MAMAN n'a pas mis tant de temps à mourir. Avec Frédéric, son gynécologue, nous lui avons rendu visite tous les jours à l'hôpital. Le cancer s'était généralisé, avait gagné la vessie, il fallait donc opérer dans l'urgence ou bien la laisser retourner chez nous, ce qu'elle demandait. Dans mon petit appartement de la rue des Martyrs, là où, depuis le début de sa maladie, je l'avais installée. Le chef de service voulait que nous prenions la décision, tout en se refusant à émettre un pronostic sur l'efficacité de l'opération. Je me souviens d'avoir très vite compris. De ne pas avoir insisté. Le médecin tenait son rôle. Que répondre à la fille d'une patiente qui s'inquiète de savoir si une opération est indispensable ? Que cela ne servira à rien, à rien du tout, que c'est foutu,

gangrené de l'intérieur ? Voulions-nous entendre cela ? Et qu'elle l'entendît, elle aussi ? Après
l'utérus, après la vessie, ce serait certainement
le tour de l'estomac, et peut-être de l'intestin.
S'ils ouvraient pour enlever une tumeur, ils
en trouveraient d'autres, à d'autres endroits.
C'était ça, le risque : découvrir la prolifération,
l'anarchie des cellules, la corruption des tissus,
la décomposition des organes, tout ce qu'on
ne voulait pas voir, ces métastases insidieuses
au départ, funestes à l'arrivée. Nous ne voulions pas l'entendre, encore moins le voir, nous
ne voulions entendre que cette sienne volonté,
à travers le filet épuisé mais déterminé de sa
voix disant qu'elle voulait rentrer à la maison,
à la maison uniquement.

De la manière dont le cancérologue nous
présentait l'alternative, sans jamais rien dire de
plus ou de moins, sans rien affirmer ni nier,
j'ai tiré la conclusion, avec l'assentiment muet
de son gynécologue, qu'il n'y avait rien d'autre
à faire. Mais puisque je ne voulais pas trancher,
ainsi, dans un couloir d'hôpital, à quelques
mètres de ma mère, à demi consciente dans
sa chambre, épuisée ou endormie par la mor-

phine, j'ai demandé un délai de quelques heures. Et comme le médecin nous serrait la main, il précisa que notre réponse importait, parce que Maman, si elle était opérée, prendrait la place d'autres malades, moins urgents, certes, mais qui attendaient depuis longtemps.

Nous n'avons fait en vérité que retourner à la maison, attendre l'ambulance qui nous ramenait Maman, l'installer dans ma chambre, l'entendre dire qu'elle était contente d'être là et que la maison était belle, avec la vue sur le Sacré-Cœur, les fleurs et la lumière.

J'ai appelé le chef de service en début d'après-midi. Il m'a dit merci d'une voix un peu embarrassée par un léger raclement de gorge. À ce « merci », avant de lui dire au revoir, j'ai répondu par un « de rien » qui résonne encore dans ma tête aujourd'hui. Sur le moment, il y eut un blanc, un blanc entre nous, nous ne savions plus si des mots devaient s'enchaîner à ce « de rien » qui avait pesé lentement, lourdement, créé une distance avant l'effacement. C'était le rien de la vie, le plus rien de vie, le plus rien à faire, le plus rien de mère qui s'ajoutait au moins que rien de père, le rien de rien, le rien après, qui sonnait dans cette formule automatique, cette mécanique de la politesse, de l'échange verbal. À compter de ce rien, tout avait été dit. J'ai raccroché en murmurant un pathétique « aurevoirdocteur » qui n'était même plus pour le combiné, car ma main et le téléphone étaient déjà à hauteur de la petite table de chevet, mais pour l'air ambiant, l'univers viral, l'environnement, l'espace génétique ou immunitaire.

Dès ce moment, Frédéric et moi nous sommes préoccupés d'accompagner Maman là où elle devait aller, c'est-à-dire à peu près nulle part, mais sans souffrir. Nulle part, car elle ne croyait en aucune rédemption ou éternité, en aucun dieu ou démon, à part celui de la presse, et certainement pas celui de la chair ou de l'amour, depuis toutes ces années sèches, sans homme à ses côtés pour lui dire qu'elle était belle, durablement belle, désirable, durablement désirable.

Nous n'avons pas eu à abuser très longtemps de la morphine. En trois jours et autant de nuits, qui furent paisibles, pendant lesquelles, grâce aux piqûres, elle dormait tout en pourrissant de l'intérieur, nous lui avons dit au revoir, adieu et merci.

J'ai voulu la laver, l'habiller, la caresser une dernière fois. Sur son ventre froid, autour du nombril, j'ai revu le tatouage qu'à Prague, vingt ans auparavant, elle s'était fait faire pour complaire à un homme. Un grand ours dressé, tout brun, les yeux rivés sur une comète, un peu au-dessus, toute bleue. Comme elle avait beaucoup maigri, l'ours paraissait tout flétri, les yeux étaient fermés, et la comète dessinait un ovale ratatiné.

Toute mon enfance l'image m'avait fait rêver : je me souviens de nos étés à Belle-Île, du maillot deux-pièces de Maman, de l'effet qu'elle produisait sur les garçons. Ce tatouage était magnétique. Je me suis dit ce jour-là qu'il m'en fallait un semblable. Ce serait ma manière de prolonger son existence. Un tatouage pour tout héritage, voilà qui me plaisait. Je fixais l'image dans ma mémoire et l'habillais d'une chemise noire de deuil.

Agathe Roussel avait eu quarante-six ans une semaine plus tôt, un métier magnifique avec de singuliers voyages et de belles rencontres, des amours en majorité décevantes, une grande histoire à Prague, une fille pour preuve, et, pour le reste une vie de galère, une vie beaucoup trop courte et qui n'avait servi absolument à rien.

6

Racontez-moi des histoires

L A veille de mourir, le temps d'une légère rémission, elle m'avait parlé d'une année joyeuse.

C'était en 1968. Ma mère avait tout juste vingt-quatre ans et le célibat pour religion chevillée au corps. Elle s'était beaucoup amusée sur les pavés rebondis du mois de mai. Les chairs s'affranchissaient des barricades de la bonne morale. Elles s'évanouissaient dans la fumée des cigarettes et des pétards exotiques, afghans, marocains et autres fumigènes du boulevard Saint-Germain et de la Sorbonne occupée. Les mœurs étaient déjà libres, en ce temps-là.

Ce qui l'était beaucoup moins, en revanche, quand on travaillait à France Inter, à l'époque, c'était l'information. Ses camarades des autres radios, privées, s'en donnaient à cœur joie, tandis qu'Agathe et ses confrères se contentaient de faire le tour de la Maison de la Radio pour dénoncer les conditions d'exercice de leur métier. Ils avaient défilé avec pour drapeau le sigle de l'ORTF entouré de barbelés. La fameuse opération Jéricho ! Mais les murs de la Maison de la Radio ne s'étaient pas écroulés. Et la vie avait repris avec l'été prometteur de délices. Le mois suivant, les Français avaient « bien » voté. Les patrons de ma mère étaient rassurés. Les cuves des stations-service étaient à nouveau pleines et tout le monde était parti en vacances.

Pas Agathe. Tout cela pour une histoire d'amoureux rencontré dans une manif, mais dont elle avait oublié le prénom. Appelons-le Patrick. À l'époque, tout le monde s'appelait Patrick, que ce soit chez Sagan, Godard ou Rohmer. Ce probable Patrick l'avait fait rêver une partie de l'été à Paris et avait fini par fuir, sans elle, en Inde du Sud, à Goa. Trop tard pour se retourner : elle assurerait donc la permanence des nuits d'Inter !

Maman avait été bien inspirée de ne pas partir en vacances. Parce qu'au cœur du mois d'août, dans la nuit du 20 au 21 exactement, alors qu'elle présentait les flashes d'information, les téléscripteurs s'étaient mis à crépiter, barrés d'un énorme BULLETIN, la notation la plus forte sur l'échelle de Richter du journaliste : « Les chars russes viennent de pénétrer dans Prague. » Prague ? C'était si loin et si près ! La Tchéco-slovaquie, ce pays qui ne s'était débarrassé de Gottwald que parce qu'il avait attrapé une pneumonie à l'enterrement du grand Staline ! Une histoire bien slave comme on les aime là-bas… Pourtant, cet été-là, purges et procès sem-blaient de mauvais souvenirs. Balayés par ce printemps que des générations dans le monde entier avaient suivi avec impatience, la chute d'Antonín Novotný, l'ascension d'Alexander Dubček, les merveilleux films d'Ivan Passer ou de Miloš Forman, la fin de l'exil dans les mines d'uranium, la guerre froide qui se réchauffait au soleil du socialisme à visage humain. Et cette liberté nouvelle que l'on prenait à la gorge…

Ni une, ni deux, Agathe avait réveillé le rédac-teur en chef pour lui annoncer la nouvelle. Et ajouté en mentant effrontément :

— Il y a un avion pour Prague à sept heures

du matin. Si vous voulez, je saute dedans. Je pense pouvoir encore passer, mais je serai certainement l'une des dernières.

D'une voix ensommeillée, le rédacteur en chef avait voulu montrer qu'il savait prendre les décisions à la seconde près :

– D'accord. Essayez de trouver un ingénieur du son. Sinon, partez toute seule avec un Nagra. Quelle heure est-il ?

– Quatre heures vingt.

– Alors vous présenterez encore le flash de cinq heures. Jacques Chabot se débrouillera pour assurer seul le bulletin de six heures. Ensuite, courez à l'aéroport. Vous vous appelez comment, déjà ?

– Agathe Roussel.

– Vous n'êtes dans la maison que depuis six mois, si je ne me trompe. Mais quand on vient de *La Croix*, il faut croire à son destin, n'est-ce pas ?

Maman s'était empressée de confirmer en riant pour gagner sa confiance. On l'appelait le Nain Jaune parce qu'il n'était pas bien grand et qu'il avait été le seul non-gréviste de la rédaction pendant les évènements de Mai. Il avait présenté un jour le journal de treize heures en plantant un énorme Opinel devant son micro, histoire de montrer aux syndicats qu'il ne fallait pas lui chercher noise.

Il n'y avait bien sûr pas d'avion pour Prague à sept heures du matin. Le premier était à huit heures quarante. Encore fallait-il qu'il décolle… et puisse arriver à destination ! On évoquait la fermeture de l'aéroport de Ruzyně. Arrivée à Orly, Agathe avait téléphoné à la rédaction pour annoncer qu'en raison des circonstances, le vol était retardé. Deuxième gros mensonge. Elle savait qu'ainsi ils ne la remplaceraient pas en cours de route !

Son avion avait décollé à l'heure mais il s'était posé à Vienne. L'accès aérien à Prague était bel et bien fermé : sur le tarmac, disait-on, des dizaines d'avions militaires, des grosporteurs déversaient des chars, des mitrailleuses, des véhicules amphibies… De Vienne, une voiture, en cinq bonnes heures, l'avait conduite en Bohême, après avoir passé la frontière sans encombre. Agathe avait hâte de découvrir, après cette nuit-là, la capitale décoiffée, chiffonnée, tirée du sommeil comme une amante paresseuse : sur la route de l'aéroport, ils avaient croisé de longues files de véhicules camouflés, laissant entrevoir derrière les bâches des canons, d'énormes pneus, des antennes, des radars et de grosses têtes coiffées de casques ronds.

Tout ce petit sous-bois importé se dirigeait à pas comptés et dans un bruit de branches brisées vers le cœur des opérations, la place Wenceslas, le centre-ville. La cité entière bruissait de la présence de ces curieux insectes dont les œufs avaient éclos durant la nuit sur la piste de Ruzyně et qui cherchaient leur chemin dans le sommeil de pierre de Prague. Les tanks avaient effrayé Agathe avec leurs chenilles qui martelaient le pavé des avenues au rythme lent, inéluctable des conquérants. Sans technicien avec elle – contrairement à la règle de l'époque dans les organes publics d'information –, elle avait demandé à un taxi de la conduire à la Radio tchécoslovaque. La course s'était vite arrêtée. Impossible d'accéder au bâtiment qui venait d'être pris d'assaut. Des automitrailleuses lâchaient quelques rafales, le combat s'organisait, des camions filaient tous phares allumés. Un blindé frôla leur voiture. Sur son flanc, une grosse croix gammée fraîchement peinte par les étudiants. Un Mongol hébété, mal rasé, crève-la-faim, sortit à ce moment-là sa tête de la tourelle. Il cherchait manifestement son chemin. Le taxi fila devant lui. On parlait déjà d'une cinquantaine de morts, dont une petite fille de huit ans.

Un drapeau ensanglanté dominait le toit de l'immeuble de la Radio. Le chauffeur était effondré, lui qui passait ses journées à écouter, dans son véhicule, la station Vltava, une des premières à tomber sous la coupe des occupants soviétiques. Dans un mauvais allemand, il lui avait dit : « Ils nous ont volé notre révolution. » Ce fut la seule rencontre d'Agathe avec le pays avant le direct par téléphone au journal de dix-neuf heures. Elle fit son miel de cette phrase – qu'elle avait peut-être enjolivée en cours de route – et l'expression fut reprise aussitôt à Paris par toutes les rédactions.

Chance et malchance pour elle : les chars russes venaient d'encercler le bâtiment de la Radio et elle n'avait pu y entrer. On lui avait donc conseillé de s'installer au siège d'un quotidien réformateur, où elle trouverait alliés, informateurs ainsi qu'un téléphone, apparemment non surveillé... Elle était intervenue dans tous les flashes de la nuit et cela lui avait valu les félicitations de la rédaction en chef. *Le Monde* lui avait même commandé un papier qu'elle rédigea dans la nuit, l'envoyé spécial du journal étant bloqué à la frontière autrichienne. Quarante-huit heures durant, elle n'avait pas dormi, campant dans les bureaux du journal, aux côtés d'une journaliste slovaque qui travaillait pour le bulletin en langue française de l'université Charles. Russalka lui parla de sa vie, de ses amours. Et de son amant du moment, le fameux Pavel Kampa.

7

À l'aube d'un jour de coup de dés

KAMPA était à la poésie tchèque ce que Čapek ou Kafka avaient été au roman. En 1968, il avait à peine quarante-trois ans. Les académiciens suédois étaient sensibles aux écrivains de nations en souffrance. Pavel Kampa faisait un héros idéal. Trois ans plus tard, à la face d'un monde réfrigéré par la guerre entre les deux blocs, il deviendrait le premier prix Nobel de littérature tchécoslovaque. Il avait fait parler de lui très tôt, au lendemain de la guerre, alors qu'il n'avait pas vingt ans. Le Rimbaud des temps modernes, disait-on. Ses poésies plaisaient aux enfants comme aux plus âgés, aux femmes comme aux hommes, aux riches comme aux pauvres. On les apprenait par cœur dans les écoles du monde entier. Kampa était une gloire nationale, traversant les époques, les régimes, dominant le Parti, le Château, les syndicats, les unions, les factions. Ses odes à Staline et à Gottwald étaient oubliées. Il en écrirait d'autres, certainement, pour les nouveaux dirigeants. Lesquels ne manqueraient pas de lui en passer commande. Le Nobel le sanctifierait et le rendrait intouchable. Réformateur, communiste, socialiste à visage humain, dissident, peu lui importait d'évoluer dès lors qu'il traversait les purges, les procès, les chasses aux sorcières. Il était « la » Tchécoslovaquie à lui seul, et son nom, après ceux de Dvořák, de Bata, de Beneš ou de Masaryk, faisait le tour de la planète. Les femmes ne lui résistaient guère, pas plus que les bouteilles de *slivovice*, les rimes et la musique : bel homme, grand, fort, une épaisse tignasse, un regard déterminé, deux yeux d'un bleu délavé à fusiller les demoiselles à cent mètres. Russalka ne s'en était pas remise. Tirée à vue. Comme une caille dans les ajoncs. Kampa visait juste. Elle était folle de lui et savait déjà n'être pas seule à jouir de ce privilège.

Les deux femmes ne se quittèrent pas pendant ces deux jours d'occupation. Russalka désespérait d'entraîner Kampa dans leur résistance. Sa voix leur était pourtant indispensable dans leur lutte. Étrangement, le grand poète ne répondait pas à ses appels. Elle réussit, le lendemain de leur rencontre, à lui parler au téléphone : hébété, bouleversé, ravagé de douleur, Kampa marmonnait qu'il n'aurait jamais pu imaginer cela, cette traîtrise des alliés, que c'était la tragédie de sa vie, qu'il fallait qu'on lui pardonne, que ce devait être très dur pour elles qui campaient sur la place, mais que lui ne pouvait se résoudre à sortir de chez lui. Il écrivait : ce qu'il pouvait faire de mieux. De la poésie, il va de soi, même si, ces dernières années, il avait peu produit. Trop occupé à jouir de sa gloire, à chasser les créatures. Russalka, gibier consentant, en savait quelque chose. À boire également : au téléphone, sa voix pâteuse en avait dit plus long sur ses nuits de beuverie que sa garde rapprochée n'aurait pu en témoigner.

À l'aube du second jour, des éléments des Sections spéciales soviétiques s'emparèrent du bâtiment du journal où elles s'étaient réfugiées.

Aucun coup de feu ne fut tiré. Journalistes et employés avaient été conduits dans la cour. On vérifia l'identité de chacun, et Agathe, ainsi que deux autres ressortissants étrangers, fut libérée, avec ordre de quitter le pays sous vingt-quatre heures. Comme ses collègues tchèques et slovaques, Russalka fut embarquée dans un fourgon cellulaire.

Agathe ne céda pas aux injonctions des soldats russes. Elle prit une chambre à l'hôtel Yalta, sur Václavské náměsti. Elle était aux premières loges : en bas de chez elle, les chars veillaient. Une vingtaine d'entre eux manœuvraient sur l'esplanade et fermaient le haut de la place Wenceslas. Pour France Inter comme pour la presse écrite, Agathe témoignait. Elle interviewait les habitants qui, au début, se confiaient facilement à ce micro qu'ils percevaient comme une ultime bouée de secours jetée par l'Occident. D'heure en heure, la méfiance gagna, le Nagra d'Agathe n'était plus bienvenu, les Russes patrouillaient partout dans la ville et la télévision ne diffusa plus que des chants patriotiques et d'interminables discours. Le téléphone de la chambre 615 se mit soudain aux abonnés absents. Ou à sonner étrangement en pleine nuit. Sans voix derrière l'écouteur, sans tonalité, juste une respiration. La voix muette de Moscou. Agathe décida d'envoyer ses papiers d'une cabine téléphonique de la rue Štepánská. Elle traversait la place en sandales, vêtue d'une robe légère. La nuit de Prague était chaude. Des hommes la sifflaient. Dans la cabine, derrière ses parois de verre, elle était comme exposée à leurs regards, à leurs enchères. Mais là, au moins, cette transparence la protégeait et elle pensait ne pas être écoutée. Quant à Russalka, malgré ses nombreuses tentatives, elle n'était pas parvenue à avoir de ses nouvelles.

En quelques jours, plus de quatre cent mille soldats du pacte de Varsovie occupèrent le pays. L'URSS, la Pologne, la Bulgarie, la Hongrie et la RDA étaient désormais chez elles. De Prague à Moscou, la discussion devint ultimatum. Alexander Dubček s'apprêtait, entre deux sanglots et trois garrots, à rendre les armes. On déplorait déjà une centaine de morts. Saint

Wenceslas sur son cheval était encerclé par les blindés, l'artillerie lourde. Le ciel virait au sombre, traversé sans cesse par des dizaines de grands avions tout noirs. « Va-t'en chez toi, Ivan ! » criait-on des balcons, mais les Soviétiques ne décampaient pas. On pouvait narguer, à mains nues, leur toute-puissance. On avait beau s'en moquer, demander des comptes, lancer : « *Pravda vítězí* », la vérité vaincra ! ils étaient chaque jour plus nombreux.

Agathe n'avait pas cessé d'arpenter la ville. Tout ce que Prague comptait d'amoureux de la liberté était dans la rue, des hommes et des femmes apeurés qui serraient contre eux leurs enfants, des jeunes gens qui brandissaient le drapeau tchécoslovaque pour la première fois de leur vie et semblaient prêts, en découvrant ses couleurs, à le défendre au prix du sang. Dans le ciel, plusieurs nuits de suite, dans un grondement continu, les Ilyouchine laissaient de grandes écharpes de fumée.

Le matin du 24 août, plus personne ne voulant s'exprimer au micro d'une station occidentale, Agathe tenta sa chance. Il lui fallait un témoignage déterminant qui fasse connaître la position de la rue contre l'occupant. Russalka était injoignable, mais elle lui avait laissé le numéro de Pavel Kampa, son amant, chez qui on pouvait parfois la joindre. Elle essaierait donc de le rencontrer. Il lui fallait un intellectuel respecté, après que Ludvík Vaculík, l'auteur de la *Lettre des deux mille mots* eut refusé de lui parler, par peur des représailles. Agathe prit son courage à deux mains et appela le grand poète qui répondit en personne. Oui, Kampa, c'est moi. Un moi qui coasse comme le crapaud dans la mare : moi, moi, moi. Une voix chaude, autoritaire. Pétrie d'elle-même, gavée de soi. Russalka ? Il hésita un instant. Non, il n'avait pas de nouvelles de Russalka. Non, il n'avait pas grand-chose à dire de plus sur ce séisme de la pensée, de la vie, de la création. Non, il ne sortirait pas de chez lui pour aller sur la place Wenceslas. À chacun sa place : la sienne était avec les mots. *Česko slovenský spisovatel'* : oui, c'est cela, il était un écrivain tchécoslovaque. Cela, et rien d'autre. Oui, Agathe pouvait passer dans la matinée prendre un café. Oui, il avait du café. Enfin, peut-être. Non, pas sûr. Qu'elle achète donc un paquet au noir, dans la boutique en bas. Du bon café comme à Saint-Germain-des-Prés. Qu'elle vienne ! Pavel aimait bien la France, Paris, les huîtres et les côtes bretonnes, Belle-Île-en-Mer, le chablis, l'amitié entre Soupault et Nezval, les femmes élégantes, les bars de Montparnasse, Jean Jaurès et les poètes surréalistes. Robert Desnos, évidemment !

8

À la révolution / à l'amour /
à celle qui les incarne

JE suis donc née de cette tasse de café. Acheté au marché noir pour un prix prohibitif. Torréfié, moulu quelque part entre Cuba et un pan de côte africaine. Pays frère et âme sœur.

Maman n'a pas eu le temps ni la force de tout me raconter. De sa confession j'ai compris que Kampa l'avait électrisée, qu'elle avait complètement raté son interview parce qu'un grand trouble s'était emparé d'elle, qu'elle avait eu la gorge sèche, qu'après ce café très fort il lui avait proposé un petit verre d'alcool blanc et qu'elle avait alors basculé dans ses yeux bleus, qu'elle n'écoutait plus ses réponses, qu'elle ne regardait que ses bras, les veines saillantes de ses bras, les longues mains de ce pianiste dont on disait qu'il jouait Bohuslav Martinů à la perfection.

Par ce filet de voix s'échappant de ses lèvres, j'ai su qu'elle n'avait pas compris pourquoi, devant le domicile de Kampa, deux hommes étaient plantés, deux policiers fort aimables. Pourquoi Kampa les avait tutoyés en la raccompagnant sur le seuil, comme s'ils étaient de connivence. Elle n'avait pas bien saisi non plus pourquoi, au nom de Russalka, Pavel Kampa avait à peine réagi, comme s'il ne se souvenait pas ou n'était plus sûr. Russalka avait-elle menti ? S'était-elle vantée ?

La suite, Maman l'avait évoquée avec les dernières forces qui lui restaient. Ce qui lui importait, c'était de me dire, avant de disparaître, de qui j'étais la fille, de quelle histoire d'amour, dans quel lit j'étais née. Et pourquoi, évidemment, je n'avais pas connu mon père, pourquoi l'histoire avec Kampa n'avait pas duré. Pas plus de dix jours et neuf nuits.

Toute sa vie, ma mère a été avare de vérités intimes.

Pour une revue, à son retour de Prague, elle avait écrit un long article, un reportage que j'ai retrouvé peu après qu'on l'eut enterrée. C'était un portrait en clair-obscur de Pavel Kampa :

« Le visage du poète est décomposé, le soleil ne parvient pas à éclairer des yeux bleu-gris comme délavés, il a des condoléances à la bouche, songeant à fuir, craignant que ce ne soit déjà trop tard pour sortir du pays. La fenêtre de Pavel Kampa est close, je songe à cette tradition tchèque de la défenestration, je pense à Jan Masaryk poussé ou suicidé, et découvert baignant dans son sang sur le pavé du Cernin, à ces lieutenants catholiques retrouvés indemnes sur un tas de fumier, à ces notables anti-hussites qui se lancèrent dans le vide du haut du Château, ou de l'hôtel de ville. Non, Pavel Kampa ne sautera pas de la fenêtre.

« Tandis que son pays sombre dans la nuit, Kampa veille : artiste national, lauréat du prix d'État, né à Kutná Hora, Pavel Kampa construit une œuvre magique dont l'étrangeté semble provoquée par l'inconciliable tension entre la réalité sociale et la liberté de l'individu. Ce printemps gâché par les blindés du pacte de Varsovie semble lui donner raison.

« Plus nombreux d'heure en heure, les Pra-

gois se rassemblent sur la place entre les véhicules des occupants ; des chars à l'arrêt souvent,
cherchent, en démarrant, à faire tomber les
jeunes Tchèques qui s'accrochent à leurs tou-
relles. Celles-ci s'ouvrent parfois, de guerre
lasse, comme les bouchons d'une grosse gourde
en acier, et des visages épuisés s'en extraient.
Des crânes rasés avec des regards vides, des
balafres, des cicatrices au front, de grands yeux
effarés. La route a été longue, ils ne savent pas
où ils vont, encore moins pourquoi ils y vont ;
l'essentiel des troupes a été aéroporté, ils ont
tiré, en arrivant, sur ce gros pâté solennel en
face d'eux : le Musée national, sur la grande
place. Parmi eux, de nombreux soldats des
républiques asiatiques de l'Union soviétique,
choisis parce qu'ils n'auraient aucun scrupule
d'ordre moral ou culturel à envahir les Tchèques et les Slovaques, des hommes qui n'ont
probablement jamais vu une place aussi
moderne, avec ses magasins aux enseignes colorées, avec ses hôtels Sécession, son élégance,
son architecture appropriée, ses arbres bien taillés. Ils semblent tous affamés et morts de soif.
Quelques passants leur jettent des cigarettes

dont ils ont percé le papier d'une dizaine de petits trous d'aiguilles, leur en promettent de mieux tassées, s'ils sont capables de dire pourquoi ils sont venus et qui leur a demandé de venir.

« Bientôt les premiers mots d'ordre courent sur la place, créent un lien entre les manifestants : "À tous les garçons et les filles ! Faites monter la tension sexuelle des soldats occupants ! Embrassez-vous devant eux !" La consigne est plaisante. Devant chaque char, sous le regard ébahi du tankiste de service qui n'a pas fait l'amour depuis des jours, des semaines certainement, de longs baisers s'échangent entre inconnus. Un garçon passe là, me prend vivement par le bras, m'enlace avec une tendresse un peu désespérée, et colle ses lèvres sèches aux miennes, longuement, sans bouger. Nous restons tous deux à mimer le désir, à convoquer l'amour pour lutter contre la force armée. »

Si j'en crois ce qu'elle m'a avoué, Maman a vécu pendant ces dix journées de Prague une incroyable histoire d'amour avec Pavel Kampa.

Après l'interview ratée, il l'avait rappelée dans la soirée, à son hôtel, l'avait rejointe dans sa chambre. La 615. Leur chambre, la mienne. Celle qui abrite les soupirs, les désirs, l'assouvissement des corps. La lune était pleine. Agathe a tout de suite su qu'elle allait tomber enceinte.

Il l'avait embrassée fougueusement, lentement caressée puis il avait posé ses lèvres sur son nombril, la contemplant avec une émotion qui agrandissait la pupille de ses yeux si limpides. Il lui avait ensuite parlé d'un ami, un interprète, né à Shanghai, qui se faisait un peu d'argent en tatouant les gens et lui avait dit qu'elle avait un nombril magnifique, digne du plus beau des ornements. Que ce serait une belle idée d'aller le voir et de l'interroger sur un motif. Elle était déjà prête à tout pour lui. À se marquer, à être marquée. Le lendemain matin, le Chinois a imaginé de dessiner sur son ventre un ours dressé regardant une comète. L'ours, c'était Kampa, l'ours des forêts tchèques, un peu lourdaud, et la comète, ce serait Agathe, l'étoile de Paris. Elle a dit oui sans hésiter. Kampa était ravi. Le Chinois a stérilisé la peau, nettoyé son dermographe, appliqué de l'encre indélébile sur les aiguilles attachées à la petite barre de l'appareil, puis il a tracé le dessin sur la couche la plus haute de l'épiderme. En une demi-heure, le ventre de Maman s'est trouvé pigmenté à jamais.

Les soirs suivants, elle a accompagné Pavel chez des amis, dans les tavernes qui n'étaient pas trop surveillées, ils n'ont pas arrêté de boire et de chanter des paroles auxquelles elle ne comprenait rien, des airs qui semblaient ravir l'assemblée. On se racontait des histoires, on lançait des slogans : « Les Russes n'ont pas de papier hygiénique. Faites vos affiches avec du papier de verre ! » Le drame de cet étudiant qui s'était approché d'un blindé, muni d'un bidon d'essence, était monté sur le char, avait gratté une allumette pour s'immoler, les avait tous bouleversés. Mais, à la taverne, la bière et la *slivovice* leur redonnaient le courage de vivre et de se moquer de tout.

À trois heures du matin, on les jetait sur le pavé. Ils rentraient à pied, la ville était magique, ensorcelée, comme arrêtée, avec ses rames de tramway immobilisées en pleine

course, ses carcasses de camions, de pneus brû-
lés, de simulacres de barricades faites de ton-
neaux et de vieilles Skoda rouillées. Longues
avenues désertées aux trottoirs éventrés, jon-
chés de détritus, l'herbe jaune y poussait entre
papiers gras et vieux tickets de tram, les feux
de signalisation restaient mystérieusement au
rouge. Leurs nuits se prolongeaient, à l'hôtel
plutôt que chez lui, car son domicile était
désormais surveillé sans relâche. Ils ne se quit-
taient plus, se juraient un bonheur éternel et
partagé, l'ours et la comète filaient une belle
histoire. Mais, un soir, alors qu'ils dînaient à
la terrasse d'un grand hôtel après avoir fait
l'amour, heureux et détendus, un voile avait
recouvert leur rêve : ils avaient subitement réa-
lisé que leur amour ne pourrait durer. C'était
l'évidence : tout, l'histoire comme la géogra-
phie, sans parler de l'âge, les séparait. Pavel
comme Agathe en avaient ressenti la conviction
intensément. Il valait mieux abréger la souffrance, ne pas encourager la passion, ce besoin
si pressant de l'autre, de l'ours pour la comète,
et inversement. Les liaisons avec Paris deve-
naient d'ailleurs de plus en plus difficiles et

Agathe n'arrivait plus à faire passer ses papiers dans de bonnes conditions. Pavel, qui semblait avoir des relations avec l'administration Dubček comme avec celle qui se mettait en place, lui conseilla de partir. Il l'aida à trouver une voiture et un passeur pour franchir la frontière autrichienne.

Quand je demandai à Maman pourquoi ils ne s'étaient jamais revus, elle eut une réponse toute prête, dont elle semblait fière. L'ours est un ours, une comète est une comète. Ils s'étaient écrit, bien sûr, mais nul n'avait jamais reçu les lettres de l'autre, du fait de la censure. C'était ainsi, à l'époque. Pavel n'avait pas pu quitter la Tchécoslovaquie, son passeport, malgré sa gloire, ses titres et ses médailles, lui ayant été certainement confisqué. Quant à Agathe, fichée par les services tchécoslovaques, elle n'aurait jamais pu obtenir de visa. Si elle n'avait pas essayé, c'était pour ne pas souffrir d'un refus. Mieux valait en rester là. Sur son nombril, l'image du bonheur resterait tatouée. Et puis, en partage, il y avait Youki qui commençait à pousser dans son ventre, il y aurait toujours Youki, la neige rose, la grande amoureuse de Robert Desnos.

9

J'ai tant rêvé de toi

QUAND je fais défiler mon enfance, depuis que Maman n'est plus là, il y a des manques que je ne m'explique pas. Je ne sais plus pourquoi nous avons habité les premières années à Sarcelles. Je dois à cet incertain séjour d'avoir été élève à la nouvelle école maternelle Robert Desnos. L'école avait été inaugurée en 1967, deux ans avant ma naissance, et, quand j'y ai fait mes premières classes, on disait dans le quartier : « Tu as vraiment de la chance d'aller à Desnos. »

J'avais déjà un lien avec lui. Desnos était un joli nom, et Robert rimait avec père. J'ai tout confondu, il fallait bien que je m'accroche à quelque chose. Je me suis mise à aimer sa poésie, à l'apprendre par cœur, avec mon cœur, à la perfection. On me disait chanceuse, je n'ai compris qu'un peu plus tard à quel point c'était vrai.

J'ai tant rêvé de lui.

10

Je deviendrais une ombre, sans doute

J'ai tant rêvé de toi que tu perds ta réalité.
Est-il encore temps d'atteindre ce corps vivant
Et de baiser sur cette bouche la naissance
De la voix qui m'est chère ?

J'ai tant rêvé de toi que mes bras habitués
En étreignant ton ombre
À se croiser sur ma poitrine ne se plieraient pas
Au contour de ton corps, peut-être.
Et que, devant l'apparence réelle de ce qui me
*   hante*
Et me gouverne depuis des jours et des années,
Je deviendrais une ombre sans doute.
Ô balances sentimentales.

J'ai tant rêvé de toi

J'ai tant rêvé de toi qu'il n'est plus temps
Sans doute que je m'éveille.
Je dors debout, le corps exposé
À toutes les apparences de la vie
Et de l'amour et toi, la seule
Qui compte aujourd'hui pour moi,
Je pourrais moins toucher ton front
Et tes lèvres que les premières lèvres
Et le premier front venu (...)

Robert DESNOS, *Corps et biens.*

11

La liberté ou l'amour

J'AI rêvé d'aimer un homme. Et cet homme, très tôt, m'a manqué. Depuis, je ne fais plus confiance à personne. Pas même à Fred.

À Desnos, à l'école, pour mes cinq ans, j'ai écrit un poème que j'ai dédié à « Mon Maman ». Mes camarades, comme la maîtresse, se sont moqués, gentiment, je l'avoue, mais j'ai compris ce jour-là qu'ils avaient tous à la maison un père, un frère, un homme. Parfois il était parti ; mais on en parlait, on le regrettait. Rachida, ma meilleure amie, n'avait pas eu de chance ; son père était mort quand elle avait cinq ans, en glissant d'un toit qu'il réparait, couvreur à Sarcelles, après avoir appris son métier en Algérie, à Oujda, sa ville natale.

Si j'avais eu un père, je lui en aurais certainement voulu. D'être mort s'il avait été mort, de m'avoir aimée puis laissée vivre ma vie. Je lui en aurais voulu parce qu'il m'aurait aimée comme personne. J'aurais désiré pouvoir le joindre à tout moment, lui parler au téléphone, quand il était loin, la nuit, en faire un personnage de mes rêves et ne rien dire quand nous étions ensemble. J'aurais aimé qu'il me protège quand j'en avais besoin, je lui en aurais voulu de sa passion pour moi comme de la facilité avec laquelle il m'abandonnait, je lui en aurais voulu d'être trop secret, de ne pas dire haut et fort combien il m'aimait, mais également de n'être pas assez discret, de tout dévoiler de notre complicité, je lui en aurais voulu d'avoir été si absent, mais aussi trop attaché et exclusif. Je lui en aurais certainement voulu de lui ressembler, et tout autant qu'il ne m'ait rien révélé de lui. Je lui en aurais voulu de ses larmes quand je partais, de ses rires quand j'arrivais, et de l'inverse également.

Si j'avais eu un père, je crois bien que le pire qu'il eût pu me faire était de disparaître. Mieux vaut pas de père du tout qu'un père encadré sur le buffet de la cuisine, un père manqué de peu, mort trop jeune. Un père, on lui en veut de toute manière pour tout ce qu'il fait, toujours trop fort, trop grand, trop bruyant. On lui en veut parce qu'il ne vous a rien transmis de ce qui compte vraiment, on lui en veut de vous avoir engendrée et de n'en porter aucune responsabilité, de n'avoir rien décidé, pas même la naissance d'un enfant. Pour toutes ces raisons, ce père que je n'ai pas eu, je n'en aurais jamais voulu. Du héros que j'ai rêvé, je me suis forgé la certitude qu'un père est, pour sa fille, le plus grand et le plus indispensable des monstres.

12

Je voudrais naître chaque jour sous un ciel neuf

Eɴ descendant dans la salle à manger du Yalta pour y chercher un peu de café, je me suis souvenue de la lettre que j'avais adressée à un garçon avec qui j'avais fait l'amour trois ou quatre fois ; il m'avait trouvée trop maigre, et puis il ne m'avait plus jamais donné de nouvelles.

« Que t'importe, importun, n'importe rien, moins que quelqu'un que t'importe que mes mains ne portent rien, et ma peau moins que rien, peu m'importe que mes seins ne t'apportent plus rien, qu'ils ne soient plus pleins, mon bassin et mes reins plus jamais tiens, et c'est très bien, mon ours brun, ma comète qui déteint, je me restreins, je me maintiens, un grand coup de frein vide l'intestin, c'est ainsi qu'atteinte d'un teint ancien je prends un bon bain de bien, je m'éteins, vais vers mon destin qui vient main dans la main avec la fin de la faim. »

Ensuite, j'étais tombée malade.

Le petit-déjeuner de l'hôtel Yalta est très réputé à Prague. Mais je n'ai rien mangé ce matin, tout me donne la nausée, à commencer par ces silhouettes qui s'agglutinent autour des plats chauffants et qui, d'une main affamée d'habitués, révèlent des trésors d'œufs baveux, de rubans de lard, de saucisses brunes, roses, rouges, et du chou, et encore du chou pour éponger l'huile bouillie et rebouillie.

Mes fantômes ont alors ressurgi et, avec eux, cette maladie de la haine de soi. Il faut pourtant que je prenne des forces, car la journée ne fait que commencer et je sais qu'elle sera éprouvante et irrévocable.

Un géant tout droit venu de la Forêt-Noire passe près de moi, tenant en bout de main une grosse platée de toutes ces graisses. En goguette à Prague où la fille et la bière sont moins chères, plus fraîches, mieux brassées que chez lui, le touriste teuton va et vient, affairé, pareil à la fourmi, transportant dans un immuable parcours entre les tables, du buffet à sa table, des victuailles pour les hivers à venir : gâteaux, miel, fruits secs, pruneaux baignant dans le vin, pain de mie, yaourt, une bonne louche, et de la confiture de prunes de Moravie.

J'ai eu mon content de convoitises, cette nuit, et je ne pourrais pas même avaler un grain de riz, une demi-noisette, tant mon ventre est contracté. Je fuis le regard du serveur. Il veut, j'en suis certaine, vanter la qualité de son buffet. Ses yeux me disent ce qu'on m'a dit si souvent, trop souvent, et pour mon bien, et encore, et toujours : ne laisse pas refroidir, il faut que tu manges, il faut que tu te serves, il faut que tu te nourrisses. Il faut que tu te sauves. Sinon c'est l'hôpital, la sonde. Fais un effort, essaie de mâcher, de ne rien laisser, de tout ingurgiter. Il faut déglutir calmement, ne pas régurgiter. Prendre du poids. Aussi vrai qu'avoir la foi. Pour ton salut.

Je n'ai jamais su ni voulu me plaindre. Depuis toujours, je me contente. Je suis contente avec moi, pas de moi. De mon sort.

75

Je m'interdis de gémir. C'est la règle. Je fais silence. C'est intérieur, très intérieur, rien ne sort, je garde tout pour moi. Même quand je jouis, je ne donne à l'homme aucun signe, aucune marque de satisfaction, rien qui fasse écho à son narcissisme. Je ne dis jamais rien.

Depuis la mort de Maman, quand je ne suis pas contrainte à l'hôpital, je vis chez Fred, c'est un amoureux parfait. Ce qui ne m'empêche pas d'avoir des aventures avec des hommes moins bien que lui.

Je ne peux pas me plaindre. Je suis à Prague, j'ai tout misé sur ça. Je me répète cette vérité obsédante en ce matin d'hiver, tout en buvant du café dans la grande salle à manger du Yalta. Un refrain me revient, une phrase m'accompagne, une promesse me fortifie : *Je voudrais naître chaque jour sous un ciel neuf.*

13

La ville aux rues sans nom
du cirque cérébral

JE sors du Yalta, très en avance sur mon rendez-vous. Jetée dehors par l'impatience du dénouement. La ville se réveille. Huit heures. J'ai le temps d'aller visiter la synagogue Espagnole dans le vieux quartier juif. Hier, j'ai fait le tour des autres, des grands classiques : Pinkas et son *mikva*, un bain rituel, devenu le mémorial des juifs tchèques emprisonnés à Terezín, ses murs où s'inscrivent les soixante-dix-sept mille deux cent quatre-vingt-dix-sept noms de ceux qui ne sont jamais revenus des camps nazis. La synagogue Klaus et sa légende de Rabbi Löw, son Golem, les rideaux brodés, les plaques en argent pour l'Arche d'alliance. La synagogue Haute avec ses collections de manteaux de la Torah. La synagogue Vieille-Nouvelle et ses voûtes à cinq nervures. Maislova, enfin, riche de ses objets cultuels en or et en argent, de ses étains, de ses chandeliers, de la vaisselle des grands mariages.

Les aiguilles de l'hôtel de ville ont fini par me tourner la tête : sur le pignon de la façade nord, le cadran numéroté en hébreu, de la droite vers la gauche. Et ce vieux cimetière juif avec la tombe du plus ancien occupant, mort en 1439. Un écrivain : Rabbi Avigdor Kara, l'ancêtre moyenâgeux de Pavel Kampa. Partout des stèles, et, taillés dans la pierre, une paire de ciseaux, des mains en train de bénir, un cerf, une grappe de raisin…

À chaque jour sa synagogue. Les juifs sont presque tous morts, mais leur souvenir fait à Prague la joie des voyagistes.

Je marche dans l'air frais d'avant la neige. Ciel de coton un peu sale. Lumière grise de janvier. Je n'ai guère dormi, mais je me sens bien. Cela faisait longtemps. Je me sens d'ici, moi qui n'ai jamais été de nulle part. Bonheur de l'évidence. Marcher dans Prague est un exercice qui rend heureux. Maman s'y était plu, à mon tour je m'offre l'expérience.

Depuis une petite semaine que je suis là, je

me perds encore dans le dédale de ses rues. Je marche à perdre haleine et je laisse monter en moi l'énergie qui émane de la ville et qu'il me faut canaliser. Quand j'ai su que j'allais rencontrer Pavel Kampa, j'ai commencé à paniquer et à vouloir repérer le chemin, de peur de n'y pas arriver. J'ai arpenté deux jours de suite le parcours, longé la rivière, le marché de Tyn, la nouvelle ville, j'ai contemplé le fouillis des toits de Malá Strana, j'ai caressé les ogives du Château, les dragons de Saint-Georges, les colonnes du Belvédère. En revenant vers le Yalta, je passe toujours par la place Wenceslas pour me donner du courage. Des intellectuels, des artistes, des touristes, d'anciens membres du Forum civique viennent célébrer, à l'endroit même de son immolation, un matin de janvier 1969, la mémoire de l'étudiant Jan Palach, ce jeune homme qui avait dit non, dans la brûlure des flammes, à la fin du Printemps de Prague et à l'invasion des armées du pacte de Varsovie. C'était quelques semaines avant ma naissance.

Je tremble de me perdre. Je passe devant le domicile de Kampa, une fois, deux fois. J'ai en permanence sur moi une photo découpée dans la quatrième de couverture d'un de ses recueils de poèmes : *Orphée boiteux.*

J'ai tant de mal à prononcer les noms des rues, sur les plaques, à cause des accents, des chuintements, de l'absence de voyelles. Je ne me fais jamais comprendre quand je demande mon chemin, aussi ai-je décidé de les oublier. La ville est un entrelacs auquel je confie mes pas, tout en sachant que rien ne fait jamais trace, rien ne retient rien, rien n'est retenu : Cukrovarnická, Drtivona, Hládkov, Hradčanké námeští, Křižovnická, Na Hrebenkach, Příčna, Psstrosova, Rosickych, Stroupežníckého, Stříbrná, Tržište, Uhelný trh, Vrchlickeho…

Je ne sais jamais pourquoi, alors que c'est tout droit, de la place Wenceslas par celle de la Vieille Ville, je m'arrange toujours pour mettre une bonne demi-heure avant de gagner le vieux quartier juif. Tout est faubourg, à Prague, dès qu'on quitte l'axe principal. Décor ordinaire, la *pivnice* au coin du pâté de maisons, des hommes en chaussons qui viennent avec leurs cruches se servir dans la brasserie en bonne bière, une *Potraviny* où règnent conserves en boîtes et en sachets, paquets de gâteaux et chocolateries, condiments et sauces, jamais de produits frais. Un kiosque où se vendent des journaux, des saucisses encore, du fromage pané, des beignets de pommes de terre et des cigarettes à l'unité. Une file d'attente, déjà, si tôt ? Du coffre d'une Trabant, à la sauvette, vente d'oignons frais ! Je passe mon chemin, distraite. Un peu plus loin, une autre queue devant une vaste cuve. Des clients avec des seaux à la main. Pour se saisir des carpes dites de Noël. Vivantes, vaseuses. Moins chères si on les achète un mois avant ou un mois après les fêtes. Et c'est comme ça, dans ce pays, qu'on passe quatre semaines avec de gros poissons dans sa baignoire. Des familles entières se laveront comme elles peuvent, à l'évier, afin de laisser les bestioles s'ébattre dans leur jus.

Une bonne heure encore à perdre. Il a dit : « Dix heures. » Dix heures et pas avant, a-t-il précisé. Je pense à lui que je vais rencontrer, à toutes ces années inutiles qu'il a vécues ici. À Prague où partout, comme pour guérir les maisons anciennes de leur lèpre, ces échafaudages rouillés sont devenus étais, par une sorte de décret.

Je ne croise pas grand monde à cette heure. Une grande poubelle métallique n'a pas été ramassée et encombre le trottoir. Une Skoda passe avec au moins six personnes à bord, des pneus et des jerricans sur le toit. Cet éternel déménagement, c'est le début du week-end, ce vendredi, le jour où l'on va à la *chata*, la petite maison en bois dans la forêt à l'extérieur de Prague.

Quand on s'écarte un peu du centre, on voit partout des plaques de rues rouges, rouillées, rayées d'une grande croix blanche. Et, en dessous, une autre plaque, plus rutilante, arborant le nouveau nom d'après la révolution de Velours. Des noms de famille, la plupart du temps, que je note dans un petit carnet, même si ça ne sert à rien : à Prague, on n'est jamais à l'abri de détails inutiles. C'est même l'esprit général. Je me dis que ce ne doit pas être drôle, pour ces gens-là, pour la famille de ces gens-là, d'avoir son patronyme rayé en gros, bien visiblement, dans la rue. Une sacrée punition tout de même, d'être biffé au grand jour quand on a été assez important pour désigner une rue, une avenue, un boulevard. Moi, au moins, je m'appelle Roussel, la moitié d'un nom, celui de Maman seulement, mais c'est le mien, je le garde. Je m'appelle aussi Youki, et des Youki je n'en connais pas d'autre.

Je me suis crue un instant perdue. Kampa était sorti de ma tête, je n'éprouvais plus cette pression du rendez-vous. Je ne pensais plus qu'à cette visite, la veille, à Terezín, en songeant aux derniers jours de Robert Desnos dans le camp, à son typhus. Je pensais à lui et me disais que, quand même, on aurait pu donner son nom à une artère, une petite rue, quelque chose de vivant, pas une impasse comme il y en a tant à Prague, non, une rue, un quai au bord de la Vltava. Kampa, à n'en pas douter, aurait, lui, une avenue. Un quartier même peut-être, une cité ouvrière. Artiste émérite, national, étatique, nobélisé, mondial ! Et une plaque pour son génie !

C'est ainsi, que, guidée par l'espiègle esprit du hasard et le vent de l'Histoire, j'ai regagné le secteur de Josefov, je ne sais trop comment, et que je suis arrivée à la minute même où le gardien ouvrait la lourde porte de la synagogue Espagnole.

J'ai tant rêvé de toi

J'y suis seule. Je m'arrête de longues minutes devant la série de dessins des enfants déportés de Terezín qu'on a retrouvés et affichés là. Naïfs et poignants. Que savaient-ils du monde que leur préparaient les adultes ?

14

Ils ont l'air de célébrer le mariage
de la solitude et de la nuit

Il me faut dire pourquoi je suis à Prague depuis une semaine.

Je termine ma thèse sur un poète qui n'a jamais cessé de m'accompagner.

C'est arrivé comme ça, mais je ne suis pas sûre d'avoir eu tout à fait le choix.

Desnos, avec le temps, est devenu l'origine de tout.

C'est Maman qui est responsable.

Quand j'avais quatre ans, elle me lisait ses poèmes. Mes premiers mots, c'était du Desnos. Ma première école c'était « Robert Desnos ».

On n'en sort pas.

C'est comme ça, dans la vie. Parfois on n'en sort pas, on est complètement prisonnier.

Si Maman s'est intéressée à Desnos, c'est parce qu'avec Kampa, on ne peut y échapper.

C'est même comme ça qu'il a fait parler de lui, la première fois. Il avait vingt ans tout juste, il était infirmier lors de la libération du camp de Terezín par l'armée soviétique.

Il aimait déjà la poésie. Il connaissait les surréalistes, les poètes français. Desnos, il en savait par cœur des passages entiers.

Le 3 juin 1945, Pavel Kampa soignait les rescapés du camp de Flöha que l'on venait de déplacer dans celui de Terezín.

C'est ainsi qu'il a rencontré Robert Desnos.

Une amitié de quatre jours.

1945-1995 : cinquante ans après, on en parle encore.

Enfin, moi.

Voilà comment j'ai osé un jour téléphoner à Kampa. « Je suis une étudiante française qui prépare une thèse sur "L'inachevé chez Robert Desnos". J'aimerais que vous puissiez me parler de lui, de Terezín, de son dernier poème. »

Il a bougonné. "L'inachevé", il ne voyait guère. Mais comme je lui ai dit que, par ailleurs, je l'admirais et que j'avais beaucoup à lui dire, il a fini par accepter l'idée d'offrir un café à une jeune Française venue spécialement à

Prague pour ses beaux yeux et ses rimes subli-
mes. Il a définitivement abdiqué quand je lui
ai rappelé qu'à la question « Pourquoi écrivez-
vous ? », Desnos répondait toujours : « Pour
donner rendez-vous. »

15

Dans bien longtemps tu m'as aimé

AVANT de sonner à la porte de Kampa, j'ai eu un moment de vertige, le visage de Maman s'est affiché dans ma tête, j'ai songé qu'il y a vingt-sept ans elle avait franchi ce seuil comme j'allais le faire, et que, de ce mouvement qui était presque un sacrifice, j'étais née. Les enfants de Terezín étaient encore en moi depuis cette visite matinale. Devant leurs dessins, je m'étais sentie seule, désarmée. Un poème m'était alors revenu, celui que Maman me récitait souvent, dans notre appartement de Sarcelles ; il avait un titre qui m'intriguait : *Trente chantefables pour les enfants sages*. J'en ai eu la gorge serrée et une violente envie de pleurer. Juliette Gréco en avait fait une chanson que ma mère fredonnait parfois en préparant le repas. Le poème s'appelle, je crois bien, « La fourmi », et commence ainsi :

Une fourmi de dix-huit mètres
Avec un chapeau sur la tête,
Ça n'existe pas, ça n'existe pas.
Une fourmi traînant un char
Plein de pingouins et de canards,
Ça n'existe pas, ça n'existe pas.
Une fourmi parlant français,
Parlant latin et javanais,
Ça n'existe pas, ça n'existe pas.
Eh ! pourquoi pas ?

Et pour la première fois, au souvenir de cette comptine des jours ordinaires et heureux, en une montée irrépressible, j'ai eu envie de porter et d'élever un enfant.

16

Baigne son front désaltère sa bouche

QUAND je lui ai donné mon nom au téléphone, ça ne lui a d'abord rien dit.
Roussel, non, rien du tout. Mais c'est sur le
prénom qu'il s'est arrêté : Youki. Neige rose,
en japonais. Ça, ça lui disait vraiment quelque
chose.

Maman a choisi de me donner le prénom
du grand amour de Robert Desnos. Lucie
Badoud, surnommée Youki par son premier
amant d'importance, Foujita, le peintre japonais de Paris. Un très beau tableau la représente
nue et dit la magie de son corps. Pour Maman,
ça allait de soi : Kampa avait été le dernier à
voir Desnos, il avait édité à titre posthume son

dernier poème, en ultime témoignage, et leur parenté, y compris littéraire, était immense.

Quant à Youki Desnos, c'était vraiment une sacrée bonne femme.

Youki a connu le poète quand il vivait rue Blomet, à Paris, dans un bel atelier – autrefois occupé par André Masson – de plain-pied au fond d'une cour peuplée de chats et de femmes. Parmi elles, une artiste belge pas comme les autres, Yvonne George, chanteuse de music-hall, très grande et très belle. Man Ray, Van Dongen l'ont immortalisée. La cocaïne, le haschisch, les drogues fortes la font vivre et mourir chaque nuit. Tuberculeuse, elle partage la vie de Robert Desnos depuis cinq ans quand elle expire en 1930. « Je te fais le légataire universel de mon souvenir », dit-elle, avant de disparaître, à l'homme qui l'a tant aimée.

Dans l'atelier voisin, Youki Foujita, surnommée la Sirène, mène une vie aussi éperdue. Se saoule au cognac. Collectionne les hommes, les pipes à opium. « Ma sirène est bleue comme les veines où elle nage/ Pour l'instant elle dort sur la nacre/ Et sur l'océan que je crée pour elle. » Youki aime choquer en se faisant peindre des bracelets de roses aux chevilles, qui imitent les tatouages. « À la porte Maillot, je relevai la robe de soie noire dont elle s'était débarrassée. Nue, elle était nue maintenant sous son manteau de fourrure fauve », écrira Desnos.

Youki vit à cette époque avec Foujita et une autre femme, Mado, pour laquelle elle éprouve une passion incontrôlable. Mado va se donner la mort quelques années plus tard : « Avec la violence et l'âpreté qui la caractérisaient, ayant constaté qu'elle échappait aux barbituriques, elle prit un revolver et, cette fois-là, ne se rata pas », écrira Youki de son amie. Foujita « lance » Youki avec le nu qu'il fait d'elle et qu'il expose au Salon d'automne 1924. Elle fascine tous ceux qu'elle croise, lumineuse, traînant dans son sillage une nuée d'admirateurs. Tandis que Foujita s'éprend d'une jeune femme rousse, Desnos tombe vivement amoureux de Youki. Elle dit de lui qu'il a des « yeux d'huître ». Elle adore cet éternel pardessus de tweed gris dont il ne se sépare jamais. Il lui écrit des poèmes, *Les Nuits blanches*, il lui offre un manuscrit illustré de magnifiques gouaches colorées qu'il appelle *Le Livre secret pour Youki*.

Robert et Youki s'installent ensemble rue Lacretelle, dans le XVIe arrondissement. « Nous avions, dit-elle, une simplicité sexuelle qui confinait à la pureté. » Les deux amants s'amusent : à produire de fausses annonces érotiques pour *La Vie parisienne*, à faire de faux reportages sur les bas-fonds de Paris, le milieu, les mœurs crapuleuses. De retour d'un voyage en Espagne, ils déménagent et vont habiter rue Mazarine, dans une vieille maison datant du Directoire. Tous les samedis, la table est ouverte : y viennent Jean-Louis Barrault, Madeleine Renaud, André Derain, Pablo Picasso, Dora Maar, Jean-Paul Sartre, Simone de Beauvoir, Pierre et Jacques Prévert, Marcel Mouloudji... Dans la maison, des piles de livres et de disques entassés en désordre. Une salle à manger carrelée noir et blanc, une longue table couverte d'une toile cirée, hérissée de litrons de vin rouge.

Je ne sais pourquoi cette maison est devenue pour moi, sans que je la connaisse, le lieu idéal de l'amour et de la création. J'ai rêvé un jour d'être assise à cette table du partage. Du lien qui a uni Robert à Youki, j'ai souvent pensé qu'il était le plus beau qui puisse rapprocher deux êtres : de l'amour, du plaisir, de l'amour et, surtout, personne, pas même un enfant pour s'interposer.

17

Le livre secret pour Youki

UN jour peut-être, me disais-je adolescente, je serais aimée, un jour peut-être j'aimerais, en attendant je lisais et relisais, seule à même de me rassasier, moi qui ne mangeais plus, moi qui n'avais aux dires de ma mère que la peau sur les os, moi qui n'osais plus sortir de mon lit, la poésie de Desnos, et tous les mots qu'il offre à Youki, et ce *Livre secret* qu'il lui dédie, qu'on ne feuillette pas mais qui, mot après mot, se déplie.

J'aime Youki – avant de la connaître,
je l'aimais déjà –
Je l'attendais – Je la cherchais –
Je l'aimerai toujours –
Elle est ma fille – Elle est ma femme –
Je suis le mieux aimé

J'ai tant rêvé de toi

Elle est la seule aimée —
Nous serons réunis bientôt —
Mon enfant — ma chérie — ma fille —
ma douleur — ma paix —
Ma joie — mon luxe — mon trésor.

18

Que nul ne les atteigne ni ne les sépare

À FORCE d'avoir vécu avec mon héros, dans cette intimité du poème puis de sa vie, j'ai fini par trouver en lui un vrai père et une vraie maison, rue Mazarine. Et je me souviens de tout.

Le 22 février 1944 à 9 heures 25 du matin, trois hommes en civil sonnent à son domicile. Ils cherchent l'agent P2, chargé de mission de 3ᵉ classe, qui « fabrique des pièces pouvant aider des membres du réseau et des israélites ». Depuis juillet 1942, Desnos fait partie du réseau de résistance et de renseignement Agir. La rafle du Vel'd'hiv' l'a précipité dans la révolte contre l'occupant. Il ne cache pas ses opinions et proclame ouvertement : « J'ai décidé de retirer de la guerre tout le bonheur qu'elle peut me donner : la preuve de la santé, de la jeunesse et l'inestimable satisfaction d'emmerder Hitler. » Il s'est attaqué dans des articles à des écrivains vichyssois, Céline l'a traité de « juif » et de « philoyoutre ». Il a giflé au Harry's Bar un journaliste antisémite, Alain Laubreaux, qui s'est juré de se venger et de l'envoyer en déportation…

Le poète a été prévenu de la perquisition par une collaboratrice de son journal, *Aujourd'hui,* où les policiers allemands sont passés. À un jeune assistant, il remet des documents confidentiels à détruire sur-le-champ. Des archives, des adresses. Mais Robert ne veut pas fuir, craignant pour la vie de Youki : « Il lui semblait qu'en restant jusqu'au dernier moment, il me protégerait de toute sa force, écrira-t-elle. C'était à la fois touchant et ridicule puisque, n'étant inscrite à aucun réseau, je pouvais m'en sortir, même en cas d'arrestation. Il avait peur pour moi, lui qui bravait tous les dangers ; et puis, il ne savait pas exactement à qui nous aurions affaire. Quelquefois, les Allemands embarquaient tout le monde. Souvent, ils torturaient les femmes avec un sadisme raffiné, aidés en cela par les Français de la rue Lauriston. »

Le film qui suit, j'en connais chaque bobine : la voiture noire qui vient chercher Desnos, les trois hommes – un officier allemand et deux agents de la Gestapo –, la perquisition rue Mazarine, dans la petite loggia qui sert de chambre à coucher et de cabinet de travail au poète. La liste de ses amis résistants avec leurs noms, surnoms et adresses, sur laquelle l'officier allemand met la main, et la réplique de Desnos : « Je ne suis pas seulement journaliste ; je suis écrivain, et cela est la liste des critiques d'art qui peuvent parler de mes œuvres », puis la route vers la rue des Saussaies, là où on plonge la tête des résistants dans des baignoires remplies d'eau glacée jusqu'à asphyxie presque complète. Et encore les larmes de Youki, ce stylo Parker offert par des amis cubains lors d'un voyage en Amérique du Sud, qu'il lui laisse au moment de son départ, comme sa montre en or et sa chaîne, son carnet de chèques.

Ce 22 février 1944 à midi, la neige est tombée sur Paris. La première neige de l'hiver. Le froid saisit la ville. Un homme traverse Paris dans une voiture noire de la police, une grande cape en laine des Pyrénées sur les épaules. Cette cape lui sauvera la vie. Enfin, presque.

Et puis ce plan-séquence : cette femme qui vient de sortir du ministère de l'Intérieur, place Beauvau. Un fonctionnaire a reçu Youki après des heures d'attente pour lui dire qu'il ne sait rien, qu'il faut revenir dans deux jours. À la préfecture, le chef de cabinet du préfet lui promet d'intervenir auprès du *Hauptmann* Huttemann, un des hauts responsables de la Gestapo. Rue des Saussaies, un immeuble barré d'un gigantesque drapeau à croix gammée. Desnos n'est déjà plus là. Il a été interrogé. Il est à Fresnes.

Youki, avec une grosse valise pleine de vêtements et un colis de nourriture, devant la prison de Fresnes. Cellule 355. Les interrogatoires commencent. Le verglas, partout, autour de l'établissement pénitentiaire. Malgré toutes sortes de tentatives, il faut attendre quinze jours, le 6 mars, pour passer le colis, quand vient le tour de la lettre D. Un colis avec des pommes, des raisins, un citron, un rôti de veau cuit, un pot de miel, une photographie d'elle.

Desnos est déplacé au camp de Royallieu, à Compiègne, sous le matricule 29 803. Un avocat véreux promet sa médiation, contre monnaie. Youki essaie d'intervenir auprès de la Gestapo, de la *Propagandastaffel*… Un directeur de journal, rallié à Pétain, envoie un billet aux autorités allemandes ; il témoigne des « qualités européennes de Desnos Robert, de sa parfaite morale collaborationniste ». Mais Laubreaux le dénonce comme « anti-hitlérien et communiste ».

Youki prend le train des « déportés », de Paris à Compiègne. Une baraque en planches, un camp entouré de barbelés, de miradors, gardé par des sentinelles. On peut faire passer cinq kilos de vivres, autant de pain que l'on veut. Youki dispose de faux tickets de pain et de fausses cartes d'identité. Elle tente de faire rester son homme en France, car le camp de Royallieu mène à l'Allemagne. Elle lui écrit une lettre. Pour la première fois depuis qu'ils se connaissent, elle dit : « Je t'aime profondément. » Le 7 avril, deuxième colis, elle revient à Compiègne. Lors du troisième voyage, les lignes sont bombardées : « Cette aventure nous

103

prépare en définitive de merveilleux jours. »
Les rails ont sauté sur la voie, le train est
détourné. Le 18 avril 1944, elle réussit mira-
culeusement à entrer dans le camp ; Youki et
Robert se retrouvent devant un sous-officier.
« Tu as un beau chapeau, un beau tailleur, un
beau manteau. » Il est rasé de près, le cheveu
en brosse, élégant. Étreinte passionnée. Ultime
étreinte.

Le 27 avril, Desnos quitte le camp. Longue
marche. La colonne des déportés. Vieillards,
enfants, prêtres. « Un jour nous secouerons
notre poussière/ Sur ta poussière/ Et nous par-
tirons en chantant/ En chantant vers nos
amours/ La vie est un rêve et bref le temps... »
Harnaché comme un mulet, encadré par les
Feldgendarmes, Desnos est obligé de courir. Elle
l'aperçoit, veut se rapprocher. Coups de crosse
dans la poitrine des femmes. Dernier regard
des amants éplorés.

Le convoi de mille sept cents déportés
s'ébranle vers l'Allemagne. Une centaine par
wagon à bestiaux. Le 30 avril, ils arrivent à
Auschwitz, dans l'immense camp, à l'odeur
pestilentielle. Il fait froid, la grêle, le vent. Les

SS passent et leur disent : « Vous allez tous mourir ! » Ils ne meurent pas tous. Pas tout de suite. En attendant, on les rase. De haut en bas, la tête comme le sexe. Pas de vermine. Ils se ressemblent tous, mais ne se reconnaissent plus. Desnos lit dans les lignes de la main de ses camarades. Sombres prophéties, il préfère enjoliver. Des hautes cheminées de brique monte un filet de fumée noire. Perspectives crématoires. Un tri annonce pourtant une bonne nouvelle, un sursis. On les tatoue. C'est donc qu'on veut les garder ! Matricule : 185 443. Desnos arbore fièrement à son bras gauche un autre tatouage, une ourse debout regardant une étoile : une œuvre de Foujita, itinérante et pour cause ! Je comprendrai plus tard comment le tatoueur chinois de Prague avait répondu à la commande de Pavel Kampa pour Maman.

Le 12 mai, direction Buchenwald où ils arrivent le surlendemain. Traitement plus humain. Deux semaines plus tard, ils repartent pour Flossenbürg, à la frontière tchèque, puis pour le camp de Flöha, en Saxe, près de Chemnitz : ils vont y fabriquer des carlingues de

Messerschmitt. Une année durant le poète lutte contre la faim, le désespoir, les mauvais traitements, le typhus. Pour se donner courage, entre soupe et latrines, il récite Racine, Hugo, Lautréamont, Nerval... Et Desnos. Avec des chutes de métal, il a fabriqué une boîte. Il y fourre ses poèmes. Un jour il se rebelle parce qu'on ne lui sert pas de soupe. Un *Oberkapo* le jette à terre, le frappe, écrase ses lunettes. Desnos pense à Youki à chaque instant. Il lui écrit trois lettres : la dernière date du 7 janvier 1945.

La prochaine étape sera Terezín, en Tchécoslovaquie. J'en reviens justement. Anéantie.

19

Les draps se saliront sans être froissés

IL a lui-même ouvert.

Une ombre immense, en travers de la porte, la lumière s'est portée sur sa joue gauche éclairant un œil interrogateur. Accueil réservé. Le sentiment de déranger un grand homme, de compromettre la confection de quelque vers génial. Pavel a manifestement oublié notre rendez-vous.

« Bonjour, je m'appelle Youki, je suis votre fille et celle d'Agathe Roussel... » Dans le fond, j'aurais dû dire cela d'entrée de jeu. Et rien d'autre. Mais je ne savais pas si je pouvais commencer ainsi, s'il ne fallait pas que je lui apprenne qu'Agathe Roussel, qui l'avait tant aimé, venait de mourir. Attendre qu'il s'épanche pour le consoler, puis lui dire la suite. Que je m'appelle Youki en mémoire de la compagne de Desnos. Le reste en aurait découlé.

Mais j'avais tant à lui dire, au vieux Kampa, que j'ai fini par bégayer un bonjour en tchèque et par lui débiter trois ou quatre bêtises ordinaires.

J'avais toutes sortes de raisons d'être intimidée.

« Kampa est la gloire du pays. Précédé d'une telle réputation, ce n'est certes pas un homme facile. Il ne reçoit jamais, et des étrangers encore moins ! » m'avait dit un journaliste rencontré deux jours auparavant.

J'avais confiance. J'avais réussi à prendre rendez-vous avec le grand homme grâce à un poète tchèque qui vivait à Paris depuis l'occupation soviétique. Jan Smetana était en relation épistolaire régulière avec Pavel Kampa. Ils avaient été élevés ensemble, avaient tous deux été exclus du parti communiste en 1967 et faisaient figure de martyrs de la cause tchécoslovaque. Il ne fut pas difficile de le convaincre de demander à son ami un entretien pour une jeune et jolie étudiante française, passionnée de Desnos.

Quinze jours plus tard, c'était bouclé. Puisque cela venait de Smetana, Kampa disait oui par principe. Il aimait bien les Français dont il parlait la langue, apprise aux cours clandestins de la Bibliothèque française de la Štepánská. Il me recevrait donc chez lui à la date que je suggérais : le vendredi 27 janvier 1995, à dix heures du matin. J'étais priée d'être à l'heure. Et, de peur qu'il ne l'oublie, de confirmer le rendez-vous en arrivant à Prague.

Kampa ici est une fierté nationale. Un prix Nobel, le premier en Tchécoslovaquie. Quand on dit Prague, on pense d'abord Kafka et Kampa ! Viennent ensuite le Golem, les frères Čapek, Miloš Forman, Alexandre Dubček, bien qu'il soit slovaque, Václav Havel, évidemment… Mais Kampa – qui refuse de s'afficher au côté de l'ancien dissident, aujourd'hui président – se fait plutôt rare, ces dix dernières années. Il sculpte, peu à peu, sa légende, celle d'un des grands poètes de sa génération, si ce n'est le meilleur. Kampa se réserve en vérité pour les grandes ou très grandes occasions. Il déteste les journalistes qui viennent lui poser des questions. Sur la guerre, ses débuts en poé-

109

sie, l'engagement, la paix, la guerre froide, le communisme, l'Amérique, l'Union soviétique, les libertés, toutes ces obsessions occidentales... Pourquoi est-il resté en Tchécoslovaquie malgré les invitations du monde entier à émigrer ? Pourquoi n'a-t-il pas condamné fermement les excès du régime ? Pourquoi en a-t-il accepté les honneurs... Pourquoi, une fois le Nobel attribué, a-t-il continué à parler aux autorités, à recevoir d'elles des avantages ? Il traite par le mépris quiconque l'aborde de cette manière. Habituellement, si on veut le voir, on peut lui dire un mot à la brasserie où il se rend tous les soirs de l'année, hormis le dimanche, mais il vous oublie tout de suite, il boit tant, il est toujours ivre, le soir, ces rendez-vous ne comptent pas.

Smetana m'a prévenue : son ami est étrange, il faut que je fasse un peu attention à moi, je suis une fille, et diablement attirante. Car Kampa est un ogre. Il lui faut de la chair fraîche tous les jours. Des femmes, des corps, des entrejambes. Jour et nuit. Si Kampa a dessaoulé, ce sera sans problème. Si, par malheur, ce n'est pas le cas, j'aurai été mise en garde.

Comme c'est un rendez-vous matinal, ça devrait bien se passer, a ajouté Smetana. Lequel reconnaît néanmoins dans la même phrase avoir arraché son accord en mentionnant dans sa lettre que le rendez-vous était pour une « vraiment très belle et très jeune fan de tes textes ».

Après avoir quitté la synagogue Espagnole, je suis arrivée devant le domicile de Pavel Kampa une demi-heure en avance. Drôle d'endroit. Face à l'opéra d'État, autrefois opéra Smetana. À trois cents mètres de Václavské náměsti. Hélas, on y a depuis construit le Parlement, hideux baraquement de verre et d'acier, et on a eu l'étrange idée de couper la ville en deux en y faisant passer une voie rapide. Les voitures traversent à très vive allure la belle Prague sur deux fois trois voies. Bruit, gaz, fumées, l'horreur. Et la gare, juste à côté, pour compléter le tableau.

Kampa s'est réfugié là au début des années soixante, m'a dit Smetana. Un quartier alors très privilégié, pour apparatchiks du régime. L'architecture hideuse des années quatre-vingt et la modification du plan urbain ne l'ont pas convaincu de fuir. Il habite un magnifique

111

immeuble Art déco dont il occupe tout le rez-de-chaussée, disposant à l'arrière d'un vaste jardin privatif. Un ministre doit également habiter là parce qu'il y a en permanence, comme aux temps glorieux, une voiture de police à l'entrée, toute noire, une magnifique Tatra.

À dix heures moins une ce matin, j'ai donc sonné à la porte du prix Nobel de littérature 1971, Pavel Kampa, poète, romancier et icône nationale. Livide, mais bien déterminée à lui dire qui je suis et ce qu'il est pour moi.

20

On dit qu'en grand mystère...

JE suis entrée dans son antre. Pénombre, noir-
ceur, celle d'un monstre sacré à la réputation sulfureuse. Je découvre sa silhouette.
Grand corps, longs bras, larges mains. Odeur
de tabac froid ; l'air glacé du dehors s'engouffre
dans la maison. Je fais trois pas pour me déga-
ger du seuil, la porte claque derrière moi.
Kampa est pressé. Il n'a que faire des amabilités
d'usage. Très long couloir dans lequel il
m'entraîne, me pousse un peu brutalement ;
un lourd rideau de velours cramoisi ferme la
perspective. Je me hâte, tâtonne parce qu'on
n'y voit rien, je m'aide des mains, à droite
comme à gauche, dans ce corridor tapissé de
bibliothèques, de livres, toutes sortes de livres,
son souffle court dans mon dos, je me glisse
entre deux plis et passe de l'autre côté du

monde. Une grande pièce faiblement éclairée, même en plein jour, tant la lumière naturelle est chiche. Trois chats, surpris en flagrant délit de paresse, détalent. Il les nomme : Bouffi, chat de gouttière ; Pipo, angora ; Juan, siamois… Ils reviennent en miaulant. Ondulent sans fin entre ses mollets. Grimpent sur le bureau du maître des lieux, une immense table avec des piles d'ouvrages aux quatre coins. D'une main tremblante, il rassemble une pile de feuilles blanches, se plaint de ne pas arriver à écrire, d'être toujours dérangé. Sa manière de m'accueillir. De m'épouvanter.

Nous sommes face à face. Je me sens prise au piège de son intimité.

Je le regarde longuement.

Il ne me voit guère. Ou mal. Flou. Il déchiffre, dévisage. Se plaint de devenir un peu plus aveugle de jour en jour. Kampa aime ronchonner. Qu'on le plaigne. Ses mains se joignent à sa parole. De grands moulinets pour dire l'horreur du temps. Au passage, ces mêmes mains me frôlent. Rien ne va, rien n'ira plus. Les temps fastes ont été. On ne les reverra plus. La cataracte mal opérée, pour l'œil droit. Pour le gauche, on est prudent. De temps à autre, il chausse des lunettes. Pour mieux deviner le déclin du monde, de son monde.

Son regard est parlant. Folie des yeux surmontés par d'épais sourcils grisonnants, comme autant de présages inquiétants. Tout le corps suit ce regard. Pavel est grand. Pas loin d'un mètre quatre-vingt-cinq. Magnifique allure, bien qu'assez redoutable. Une mèche folle sur le front. Un costume en velours côtelé, vert foncé, râpé à l'extrême. Une chemise blanche, froissée. Manque de femme, de ménagère plutôt. L'homme a forci si l'on se reporte aux photos des années soixante-dix. Il se déplace avec une légère peine. Me dit de m'asseoir sur cette chaise. À côté de lui. Insiste. Parce qu'il entend mal, évidemment.

Autoritaire, le père indigne. Très autoritaire. Ses invitations ne se discutent pas.

Paralysée, je n'arrive pas à parler. Je ne ressens rien, pas même une émotion. J'ai envie de lui dire : si vous n'écrivez plus, si vous n'y voyez plus, si vous n'entendez plus, que vous reste-t-il à faire ? Je suis de profil, je ne peux le regarder dans les yeux, il me fait peur, je sais qu'il me dévisage. Je sens son regard qui cherche à me juger, m'évaluer, à vérifier si j'ai des fesses, des seins, du ventre. Je lui appartiens déjà un peu.

J'essaye Desnos, sujet qui l'agace. Désormais, il entend. Non, il ne doit pas tout à Desnos, qu'on ne lui parle plus de cette histoire du dernier poème ! À l'écouter, je pense que je devrais lui dire ma vérité, la vérité sur ma vie. J'esquisse un timide compliment sur ses œuvres. Ça le calme, évidemment. Il aime à être flatté. Enflure et vanité. Il s'empare d'un paquet de feuilles manuscrites et me tend la traduction française d'un texte qu'il se met à me lire en tchèque, sans nullement me préciser le rapport avec le sujet de notre rencontre. Il est debout et il déclame :

« Je ne suis et ne serai jamais du parti immonde des honnêtes gens, et aussi longtemps que la vie me tiendra, je défendrai la légitimité de toutes les caresses, fût-ce l'étreinte avec la femme à barbe, dans une fosse, au détour d'un sentier. Je fais la bête depuis longtemps, mais la belle est sous mon manteau, de même que, sous le langage, se dissimulent maints secrets. La chair n'est jamais menteuse, y compris celle du châtré qui se dénude sous les arbres : le corps du plus vicieux, riche des rages de son ventre, restera à jamais pur. Un romancier, un poète rêve et se roule dans le fumier doré de son imagination, en amateur d'urine au sourire visqueux, il est tantôt l'inverti qui se soumet et s'agenouille, tantôt le masochiste qui se livre au martinet, le scatophage hideux au masque de gargouille ou la putain furonculeuse aux yeux punais. »

Pavel se rassoit brutalement, comme épuisé, las de lui-même. Ce que j'en pense ? Je dis que c'est magnifique, violent bien entendu, mais magnifique. Que ça fait presque peur. J'ai raison de penser cela, dit-il. Oui, il faut avoir peur, très peur. Peur de lui. Il devient disert.

— La traduction que vous avez est bonne, excellente même. Je vais peut-être envoyer le texte à Gallimard. Presque tous mes livres sont traduits en français chez eux, comme l'étaient ceux de Desnos. Mais j'hésite encore pour celui-là. J'ai des propositions d'Albin Michel, de Fayard, de Flammarion… J'ai de la chance, avec votre pays. Ce soir à l'ambassade, votre ministre de la Culture ou de l'Éducation, je ne sais plus, me décore, vous êtes au courant ? Légion d'honneur ! Commandeur, tout de même ! Ils font bien les choses, chez vous.

— Je sais. Je ne suis pas venue à Prague pour assister à des remises de décorations mais je ne vais pas rater cette occasion. On m'a fait porter une invitation. Je serai là, bien sûr.

Pavel est rassuré. La littérature, la gloire et le sexe. Les jolies femmes sont là pour l'admirer et lui servir d'écrin. Je tente l'impossible. Une question :

— Vous parlez bien le français. Vous l'avez appris avec...

— Avec personne, non... Et pas à Paris, pas plus qu'à l'école. D'ailleurs, je n'ai pas été à l'école. Ou si peu. J'ai appris votre langue dans des livres qui m'ont donné à mon tour envie d'écrire. Et parfois de parler. Mais je pratique peu, si ce n'est à l'occasion de quelques visites comme la vôtre.

— Vous recevez beaucoup de visiteurs français ?

— Assez souvent, à dire vrai.

— Des femmes, plutôt ?

118

– Des femmes, vous avez raison. Des femmes françaises.

Il semble reprendre goût aux choses. Les femmes françaises sont appétissantes, disent ses lèvres humides. Je suis à son goût, et l'ogre Kampa a faim. Il frotte ses mains l'une contre l'autre. Ses énormes mains qu'il voudrait bien me coller sur les hanches. Il essaie, je me dérobe, il se ravise. Sa chaise devient vivante, se rapproche de la mienne jusqu'à la toucher. Ses mains s'avancent à nouveau vers moi. Je ne peux me détacher d'elles, tant elles sont menaçantes. Un poème de Desnos me traverse l'esprit, me sauve un instant la vie : « Y a-t-il encore une main que je puisse serrer avec confiance/ Mains sur la bouche de l'amour/ Mains sur le cœur sans amour/ Mains au feu de l'amour/ Mains où couper du faux amour/ Mains basses sur l'amour/ Mains… » Je déclame les vers, me laisse étourdir par la scansion. Kampa me regarde fixement et, déjà, c'est un viol. Au pied de la grande table qui lui sert de bureau, quatre à cinq bouteilles vides témoignent d'une soirée fort alcoolisée. Un parfum d'alcool blanc, comme dans les chais, donne un léger tournis. Il sait que je vais m'adoucir, coopérer. Je vacille un peu, la tête dans l'éther. Bouffi, Juan et Pipo se cherchent des misères à coups de griffes. Je fais semblant de ne rien sentir. La main, cette main, la sienne, sur ma cuisse. Je parle et, en parlant, refais le monde. Je néglige le geste obscène. Je cherche en lui le père. Je veux oublier la caresse du vieux pervers. Mais je ne sais plus à quoi je ressemble. Je ne vois plus que lui. Ma mère également, le visage de ma mère. J'essaie de les imaginer ensemble, de me persuader que je suis le fruit de cette rencontre. Je me lève brusquement, sa main retombe dans le vide. Je prétexte une envie d'aller aux toilettes, je m'éclipse, repars derrière les lourdes tentures pour trouver une petite porte, un cabinet de toilette, un miroir. Je me vois. C'est vrai que je lui ai pris quelques traits : ces pommettes saillantes, la couleur des yeux, le dessin des lèvres. Je refais surface dans la grande pièce. Il s'est levé. Dressé, il est immense.

— Vous vous souvenez d'une certaine Aga-the ?

— Agathe ? J'en ai bien connu deux ou trois… Agathe qui ?

Comme je ne veux pas trahir notre nom, je feins d'avoir oublié.

— Vous l'avez rencontrée au moment de l'invasion soviétique, à l'été 68. Une Française, journaliste.

— Alors là, difficile de se souvenir ! À cette époque, c'était une vraie folie ! Des femmes, j'en ai eu à la pelle, des dizaines et des dizaines, surtout des étrangères, elles voulaient toutes me rencontrer, me faire parler. Je n'ai pas arrêté de coucher. Des Françaises, ça n'a pas manqué… Agathe, vous dites… je ne vois pas.

J'en suis venue à espérer que Maman s'est présentée sous un autre prénom pour préserver son identité de journaliste. Dans ces moments-là, quand on ne veut pas accepter l'inacceptable, on est prêt à imaginer les scénarios les plus singuliers.

— Elle habitait au Yalta !…

— On n'ira pas très loin avec ça non plus… Tous les étrangers, à l'époque, descendaient soit au Yalta, soit à l'Alcron, juste à côté. On faisait des descentes dans les hôtels et, en général, on trouvait toujours une fille de l'Ouest pour laisser sa porte ouverte…

J'ai failli lui parler de la chambre 615. Puis, très vite, j'ai compris mon ridicule. J'avais envie de vomir, de vomir ma haine pour son indifférence, pour son mépris de Maman, et de moi, leur fille. J'ai bredouillé une excuse sur le besoin d'oubli ou sa nécessité. Mais ça n'a pas suffi.

Le pire était à venir.

21

Les lois de nos désirs
sont des dés sans loisir

JE sais bien que je n'étais pas la première à me perdre en courant, à me jeter dans son antre, me frayer passage à travers les haies et les ronces qui le protègent ! Assez vite, j'ai de nouveau senti la pression, l'insistance de son regard sur mon corps. Pour lui, je ne suis qu'une jeune fille aux beaux seins, au regard sans lumière, dont il a déjà, pour parler comme Desnos, baisé tant de sœurs. Il se rapproche. Je ne bouge pas, n'avance ni ne recule. S'il me veut, qu'il me prenne, que je puisse définitivement le haïr. Il est contre moi, son souffle dans mes cheveux qu'il caresse, son autre main plaquée sur mon sein droit. Il se colle brusquement à moi.

Il m'a embrassée comme s'il voulait entrer tout entier dans ma gorge, il m'a embrassée et sa langue a fait le tour de ma bouche ; il m'a embrassée, empestant l'alcool, en me tenant brutalement la nuque à deux mains.

Ensuite, il a voulu me caresser les seins, arracher mon corsage.

J'ai reculé violemment. Je me suis détachée. J'ai dit que je devais y aller, que j'avais un rendez-vous important, que je ne pouvais manquer, mais que je reviendrais l'après-midi, qu'on pourrait alors aller ensemble au palais Buquoy pour la Légion d'honneur. Il a eu l'air satisfait de cette perspective, même s'il m'aurait bien accommodée tout de suite. Il m'a dit de venir à cinq heures, parce que la réception était à six heures trente et qu'il devait s'y trouver un peu avant. J'ai dit oui, d'accord pour cinq heures. J'ai pensé qu'avec lui, on ne perdait pas de temps et qu'on avait intérêt à faire vite, en amour comme pour tout le reste.

C'est à peine s'il m'a raccompagnée dans le corridor. J'étais chez lui comme chez moi. Je lui appartenais désormais. Cela allait de soi. En tout cas, j'allais lui appartenir. Kampa est toujours sûr de son bon droit : « Je suis le maître et mon vouloir/ Ne s'embarrasse ni d'un viol,/

Ni d'accordailles, ni de noces… », disait Desnos.

Quand je me suis retrouvée dans la rue, un peu chiffonnée, me rajustant, je me suis sentie mieux. J'étais, pour être honnête avec moi-même, assez fière de mon coup. Avoir affronté Kampa, m'être jetée dans sa tanière, avoir résisté : sa peau contre la mienne, son désir si pressant et ma ruse en définitive, mon contournement. J'ai bien sûr pensé à Maman, à tout ce roman qu'elle avait construit autour de leur histoire, juste pour me faire plaisir, à ce qu'elle avait dû endurer pendant, souffrir après. À cause de ce monstre sans regard, sans attention, tourné vers sa seule personne. J'ai compris que d'histoire et d'amour, il n'y en avait pas eu dans cette affaire. Maman avait tout inventé pour ne pas perdre la face. Mon « père » ne se souvenait de rien. Pas de chance pour moi, enfant de Bohême ! Il avait tenté l'aventure, c'était certain, vite fait, dans la chambre 615, un soir d'ivresse, c'est-à-dire un soir comme les autres, avec une fille croisée dans la taverne. Et ça ne lui avait pas déplu, à elle non plus, qui collectionnait à l'époque les aventures d'une nuit. Sauf qu'en l'occurrence, avec sa touche à lui, sa touche slave, cela avait dû davantage s'apparenter à un viol qu'à un moment de plaisir. Je l'imagine au bar du Yalta, la voyant monter dans sa chambre, la suivant et bloquant du pied la porte au moment où elle y pénétrait. J'étais bien le produit d'une effraction.

En cherchant un taxi pour aller à l'aéroport attendre Fred, je n'avais qu'une pensée en tête : je ne rejouerai pas l'histoire de ma mère, ne croirai plus aux mirages, mais inventerai une fin à ma propre mesure qui valait bien celle d'un Kampa.

22

J'aime vos cous marqués de coups

AGATHE m'a élevée jalousement.
Je pense à elle, en quittant Pavel Kampa,
que plus jamais je n'appellerai père. Je pense à
elle qui aimait s'inventer un bonheur de roman,
à sa mythomanie des affinités, des amours par-
tagées.

J'ai gardé de nous deux, fille et femme, une
photo que Piotr avait prise : j'ai douze ans, ma
mère est appuyée contre la façade du pavillon,
je suis collée à elle dans une salopette claire, un
chat noir dans les bras, la petite chatte Irma.
Photographe de presse, Polonais d'origine, Piotr
était venu vivre à la maison, entre deux reportages, deux ans auparavant. C'est, je crois, le
dernier cliché qu'il ait pris de nous. Le lendemain, il est parti au Bangladesh, a rencontré en
route une journaliste américaine avec laquelle il

127

a eu un enfant et qu'il a épousée ; il n'a donné d'autre signe de vie que ce tirage un peu sombre qu'il a fait envoyer par son journal à notre adresse.

C'est la plus belle image que je possède de Maman et moi : c'est ma seule pièce d'identité.

Je l'ai toujours dans mon sac, à portée de main, je n'ai pas eu envie de la montrer à Kampa, histoire de lui rafraîchir la mémoire. Je crois que j'ai préféré m'éviter cette humiliation suprême : qu'il ne reconnaisse même pas Maman !

J'ai une autre photo d'elle, d'elle seule, cette fois. Un portrait de nuit, signé Piotr aussi. Je me souviens d'avoir été réveillée : Maman criait. On la frappait. C'était comme si les coups s'abattaient sur moi, comme si ces gémissements sortaient de ma bouche. Puis sa voix s'est étouffée et j'ai entendu Piotr lui dire en hurlant qu'il l'aimait, qu'elle était si belle, qu'il la désirait à en crever. Elle est sortie de leur chambre, est venue vérifier si je dormais ; moi, j'ai fermé les yeux. Puis je suis allée sur la pointe des pieds jusqu'à leur chambre. Sous la porte une lumière aveuglante filtrait. Le magnésium de l'appareil de Piotr. Une lampe pour les poses. La pose de cette photo que je garde en grand secret. D'une intensité telle, d'un si fort contraste entre les noirs et les blancs que je n'ose la sortir de la pochette dans laquelle je la conserve. J'ai peur que Maman ne s'efface au contact de la lumière naturelle. J'ai peur de la perdre à jamais. Ses yeux si noirs, si chargés d'un feu noir. Ses cernes si fourrés de fatigue, ces poches, lourdes et sombres. Ces très longs arcs qui ouvrent plus qu'ils ne protègent le regard, ses sourcils tracés au crayon d'anthracite, et ses cils aussi, de simples filaments charbonneux, fins, fragiles, effilochés. Même la bouche est peinte en noir, avec ses lèvres coupantes comme la tranche d'un ciseau. Arêtes effilées du nez, saillie des joues, mâchoires taillées dans le granit.

Mais ce n'est pas pour cela que je ne montre jamais cette photographie, pas même à Fred, c'est à cause de la tache plus sombre, ce bleu noir que Piotr n'a pas cherché à dissimuler, en bas du cou. Elle semble être le centre du portrait, la mire sur laquelle se fixe l'attention du photographe. Une trace de coup ?

Juste la marque des doigts. Une femme ne s'étrangle jamais toute seule.

23

Comme une main
à l'instant de la mort

L E lendemain de cette nuit atroce, au petit-
déjeuner, dans la cuisine donnant sur le
balcon et les grands immeubles de Sarcelles,
j'ai dit à Maman que je voulais lui parler. À la
manière dont elle m'a répondu que je devais
le faire à l'instant, Piotr dormant encore, j'ai
compris que je pouvais tout lui dire, tout lui
demander.

    – Il te bat ?

    – Oui.

    – Mais pourquoi ?

    – Parce que je le lui demande.

    – Tu lui demandes quoi ?

    – Qu'il m'aime.

    – C'est ça, aimer ?

    – Pour lui, c'est ça.

    – Et pour toi ?

– C'est ce qu'il aime.

– Et toi, tu aimes ?

– Qui ?

– Tu aimes qu'il te batte ?

– Oui et non.

– Oui ?

– Oui, si nous sommes d'accord avant, si je le lui demande.

– Oui, encore ?

– S'il ne me tue pas.

– Oui, comment ?

– S'il m'étrangle avec ses mains.

– Si tu étouffes ?

– Si j'étouffe, mais s'il m'embrasse en même temps.

– Tu respires ?

– Son air.

– Tu aimes ?

– Oui et non.

– Tu aimes qu'il te batte, vraiment ?

– Non.

– Non ?

– Oui.

Maman s'est levée, m'a servi un bol de chocolat chaud et s'est assise en face de moi en saisissant le pain et le beurre pour me faire des tartines. J'ai bu quelques gorgées tout en la regardant, je ne pouvais détacher les yeux de cette marque bleue laissée par le pouce puissant d'un homme qui disait l'aimer trop. Ce tatouage-là n'était pas beau à voir. L'ours et la comète étaient autrement réjouissants.

– Tu aimes qu'on te batte, Maman ?

– Comme ça ?

– Oui, en ne respirant pas beaucoup.

– Oui, avec lui, j'aime toujours.

– Avec lui ?

– Avec lui.

– Seulement lui ?

– Ça ne te regarde pas.

– Je te regarde, Maman.

Elle baissa les yeux. Je les vis chercher prise, se perdre dans l'espace, dans l'eau et j'eus pitié de sa panique.

– Ne pleure pas.

– Je pleure si je veux.

– On pleure, quand on aime ?

– On pleure quand on veut, on pleure tout le temps si on veut, on aime ce qu'on veut, quand on veut, avec qui, et comment et où on

133

veut, on veut qu'on vous aime, on aime si on veut, on veut rien d'autre qu'on vous aime, on n'a plus rien quand on aime.

— Ne pleure pas.

— Je ne pleure plus.

— C'est mieux.

— Maintenant, tu sais.

Après le départ de Piotr, Maman n'a plus jamais installé chez nous les hommes qu'elle a aimés, les hommes qui l'ont aimée. Comme elle ne me parlait jamais de mon père, je respectais son secret et ne lui demandais jamais rien.

Elle s'est occupée de moi et j'ai pris l'habitude d'être adulée, la fille unique d'une mère, célibataire si aimante. Doux nom d'Agathe, sonorités étranges de ma jeunesse et de mes premiers rêves, comme ce poème de Robert Desnos qu'elle me chantait et dont je me suis souvenue, le jour où son cancer lui a brûlé l'utérus : « Et les enfants dans leurs langes/ Sanglotent tout bas/ Quand le bruit étrange. S'en va. »

À part ça, j'ai eu une enfance assez joyeuse.

24

Une maladie passagère et sentimentale

ÇA s'est gâté, plus tard. Un jour, je suis
entrée en résistance. J'ai dû alors endurer
mille morts. Il faudrait bien qu'une fois Kampa
le sache. Qu'il sache que c'est à cause de lui,
de son ignorance, de son indifférence, de son
inconscience. Il faudrait bien qu'un jour quand
même, les hommes soient tenus pour responsables du malheur des femmes. Maman était
morte, mais je la voulais vivante. Si elle avait
réussi à souffrir ainsi, à se faire tant de mal, je
devrais être capable de l'imiter. Je savais désormais comment j'avais été conçue, c'est-à-dire
mal, loin, vite fait, avec un homme qui ne
s'était jamais préoccupé de moi. J'étais seule
dans la vie comme elle l'avait été. La glace m'a
dit que je n'en pouvais plus de mon image.

Un homme m'a sifflée dans la rue, dans mon

dos il a loué la forme de mes hanches. C'était un mois, jour pour jour, après la mort de Maman. L'existence de Kampa était entrée en moi, l'image d'un père s'imposait sans plaisir. Il fallait s'y faire. À la Sorbonne, les cours avaient repris, mais sans moi. J'étais toujours dans l'appartement de la rue des Martyrs, au-dessus de Notre-Dame-de-Lorette. Là était l'erreur. Agathe y avait rendu son dernier souffle. L'atmosphère en serait à jamais contaminée. Il me fallait bien inventer quelque chose pour fêter mes vingt ans. Alors j'ai fait le grand ménage de ma vie. J'ai briqué l'appartement de fond en comble, poncé le parquet, récuré le plafond, frotté les vitres. Traqué les miasmes mortels de Maman. Puis j'ai purgé le réfrigérateur, jeté les provisions, dégelé les gros blocs de glace, désinfecté les parois, acheté light, yaourts zéro pour cent, plaquettes de faux beurre, faux sucre, j'ai expurgé le monde de ses graisses et de ses excès.

J'ai décidé de ressembler à Maman. Sèche, coupante, osseuse. Il y avait du chemin à parcourir du côté des fesses, du ventre, des seins principalement. Agathe était mince. Je serais maigre. Digne fille, pâle copie, fidèle épure. Quand je serais parfaite, à son image, j'irais voir mon père, je me présenterais à lui. Kampa serait heureux. Puisqu'il avait perdu la mère, il aimerait la fille. Sa fille, tout de même ! Que de souffrance à être ainsi séparés depuis des lustres, par tant de frontières qui tombaient aujourd'hui… Dans la glace, je décidai que mon reflet était celui d'une obèse. De cinquante kilos je passerais à quarante, je lui plairais ainsi. Araser les rondeurs ! Ces cuisses si lourdes, si rondes, je vais m'occuper d'elles : les tailler à la hache, en bannir le gras, vérifier chaque jour leur circonférence. Ventre ballonnant, sorte de crêpe fourrée de crème fraîche ceignant les hanches. C'est mou, flasque, hideux. Les seins aussi avaient trop poussé, le gras du lait, pensais-je. Je suis une vache, je hais cette poitrine qui m'embarrasse. Elle dégonflera, je m'y engage. J'avais déjà vécu ça à la puberté, des années à me faire vomir pour ne pas ressembler aux autres, pour ne pas grandir, être une femme qui souffre, qu'on bat, qu'on abandonne. N'être l'objet d'aucun désir, ne susciter aucun regard.

Faire alors semblant de manger, goûter, recracher, cacher l'aliment dans la paume de la main en feignant de tousser. J'ai donc renoué avec d'anciennes habitudes. Je sors moins, parce que ce n'est pas simple d'expliquer. Qu'on est mauvais convive, qu'on n'a pas faim, que tout aliment est source de dégoût, qu'il n'y a aucune joie à communier sous cette espèce. Une grève utile, celle de la faim... En deux mois, l'os apparaît sous la peau et je me fixe une ligne de vie : tout ce que j'ingurgite dans une journée doit tenir dans un bol, et un seul. Une pomme, c'est un bol ; une soupe, également ; du lait et des corn flakes, aussi. Je ne prends rien d'autre du matin au soir. Je fonds, je découvre peu à peu, dans le miroir, la grâce entrechoquée de ma silhouette perdue.

Je décide de retourner à la Sorbonne. Mais les étudiants m'ennuient avec leur bonne humeur factice et le trajet me fatigue de plus en plus. Je trie systématiquement les aliments. Je passe une heure par jour à tout laver dans l'évier et dans le lavabo, de peur d'être contaminée. Je maigris. Je découvre avec satisfaction un mot magique et mystérieux. Je me distingue, à quel

prix, mais il n'est jamais trop tard. Je suis devenue quelqu'un ! Anorexique ! Je porte enfin un
nom. Première victoire. Je prends possession de
moi-même, de mon corps : à travers ce régime,
désormais, je m'appartiens.

J'ai vécu ainsi deux années pleines d'allers et
de retours. Hospitalisation. Poids qui monte,
poids qui baisse, mon corps est une balance.
Trente-neuf kilos, bien pesée. Hypothermie.
Sonde gastrique. Fugue. Je fuis, je me fuis, je
m'échappe de moi-même. Mon corps n'est
plus qu'un squelette. Qui veut jouer aux osse-
lets avec lui ? Je ne suis pas en état d'aller me
présenter à mon père. Je ne veux pas faire honte
à Kampa. Je n'ai plus beaucoup d'aventures.
Les garçons prennent peur. Je déteste le gras,
le farineux, je ne mange plus, de maigre je
deviens hâve. Je suis la Barbie de mes jeux
d'enfant, ma taille s'affine encore. Calories que
je compte. Seins que j'efface. Ma nutritionniste
me pèse chaque semaine, chaque semaine je
maigris encore, je m'étiole, perds mes forces.
Plus le courage d'aller à mes cours, pas possible

de terminer le DEA. Je refuse de signer le contrat de reprise de poids. Regagner sept kilos ? Puis je me ravise. Crise de boulimie : pour la peine je prends douze kilos supplémentaires ! Je me rue au supermarché, achète tout ce qui fait grossir, chips, pizzas, cacahuètes, j'ingurgite les calories. Puis je me fais vomir, j'avale des cachets, je m'en gave, je me lave l'estomac. Suicide médicamenteux. Je roule à terre. Je pleure, je pleure, j'appelle ma mère mais elle ne répond pas. Une femme, médecin, sèche mes larmes, je suis hospitalisée, elle fait le récit de mes aberrations et déclare doucement qu'elle ne peut rien pour moi si je ne romps pas avec le cycle infernal. Chute et rechute.

J'ingurgite tant de médicaments. Des anti-tout, hypotenseurs, antidépresseurs, anxiolytiques, somnifères. Je dévore Lithium et Deroxat, consomme passionnément Zoloft, Tranxène, Xanax, Prozac... Fréquente deux neurologues, une diététicienne, un psychanalyste. Et une voyante.

Je fais parfois l'amour, avec n'importe qui,

n'importe comment, pour oublier. Entre deux crises. Trop grosse, trop maigre. Je me hais, donc je suis.

Quand je rentre rue des Martyrs, efflanquée, comme une louve qu'on pourchasse, sur le paillasson, je ne trouve que des factures de gaz et d'électricité.

J'espère tous les jours recevoir une lettre de Kampa, car j'imagine, je ne sais à dire vrai comment, qu'il a appris la mort de Maman. Je me dis qu'il est en train de l'écrire, cette lettre à sa fille, que ce n'est pas si simple, que ça lui prend du temps. Que c'est douloureux, que c'est important, et qu'il faut donc lui accorder le délai de rigueur. Qu'il va peut être en faire un livre…

En attendant, je fais collection d'hommes, et ils tiennent à me revoir, car, disent-ils, je les émeus. Nos premiers rendez-vous sont en général catastrophiques. Les garçons n'osent m'inviter chez eux. Et si on déjeunait ? Tu es libre à dîner ? Je suis libre. Mais trop pressée à leur goût, j'imagine. Pas d'alcool, d'abord. Sans ivresse, l'homme ne conçoit pas l'approche, du moins la première fois. Un plat, ou plutôt une petite entrée très légère en guise de plat. Au bout de quelques minutes, je rends les armes, croisant couteau et fourchette sur l'assiette. Fini de partager. J'ai touché des lèvres la nourriture, en ai extrait le goût mais refusé la matière. Reposé le tout, embarrassée, faussement distraite, honteuse.

Les repas chez moi sont encore plus expédiés. Sans protocole, sans service, sans cadre, la cérémonie de la dînette ne pèse pas lourd. Je déteste faire la cuisine, mais m'impose pourtant l'exercice. Je m'épuise à mettre un vague couvert, de travers en général, un verre qui manque, deux assiettes dépareillées, parfois le sel mais pas le poivre, ni le sel ni le poivre souvent, rien ne va.

J'ai les yeux fermés. Je fais comme si la nourriture n'existait pas, y compris en l'achetant, mécaniquement, du bout des doigts, en la préparant, la projetant loin de moi, dans un évier, sur une planche, en la rinçant, la pelant, la grattant, l'épluchant, la réduisant longuement jusqu'à n'en rien garder, dans une casserole, un plat, un bol, un saladier ; reste l'infime, cru, cuit, bouilli, qui me soulève le cœur dès que je le porte à ma bouche. Alors je m'assois à peine, me redresse tout de suite et, tout le reste du temps, de manière appuyée, je fais le ménage, ratisse les miettes de pain avec la lame d'un couteau, regroupe les aliments au fond de l'assiette, les comprimant pour faire croire qu'ils ont été entamés, les cachant sous la feuille de laitue, dans le creux de la tomate coupée en quatre ; avec ma serviette, je nettoie aussi la toile cirée bleue de la table, je mets partout de l'ordre et j'expédie ainsi le repas en moins de cinq minutes. C'est fini, la comédie de l'alimentation est finie, elle n'existe plus.

L'invité reste attablé, accablé, abandonné.

Nettoyer est devenu ma seconde nature. Je rêve d'un monde décapé, blanchi à l'eau de Javel comme le parquet de l'appartement qui, à force d'être frotté et lessivé, a perdu son vernis et sa couleur naturelle.

Puis, un matin, en bas de chez moi, j'ai découvert le flan pâtissier. Avec lui j'ai inauguré mes premières grandes crises de boulimie aiguë. Chez le boulanger, j'en achète des tartes entières, je sors du magasin et m'engouffre sept à huit grosses parts d'un coup. En quinze jours, j'ai repris huit kilos. Puis j'arrête de manger, j'en perds douze. Ma peau, tendue puis distendue, s'épuise à ce yoyo. Je n'en peux plus.

Mois après mois, j'ai compté les calories, pesé chaque aliment, développé, secrète puis publique, ma maladie. Elle a frappé à la porte de ma jeunesse. *Toc, toc.* Troubles obsessionnels compulsifs. Du nutritionniste à l'endocrinologue, je me répète et m'anéantis.

Un soir, je refuse de me mettre à table chez mon directeur de thèse, qui m'a gentiment préparé un tartare de saumon et servi un verre de vin blanc frais. Il se met à me traiter de folle, à clamer que je vais mourir, si je continue, que je ne peux plus m'infliger de telles punitions, que le temps est venu de me reprendre en main.

Cet homme, qui n'est pas un médecin mais un spécialiste de Desnos, s'est montré si violent, ses mots m'ont tant blessée que je n'ai rien pu lui opposer. Je suis restée bouche bée. J'aurais voulu lui dire combien je souffrais d'autant grossir et maigrir, qu'il ne se rendait pas compte de ce qu'était pour moi une scolarité en dents de scie, vivre dans l'attente d'une lettre hypothétique de Kampa, après la mort de Maman, somnoler des heures durant, en pleine journée, dans l'appartement vide, me nourrir de compléments alimentaires, d'anti-dépresseurs et de tranquillisants. Alors j'ai brandi l'index et l'auriculaire de la main droite, par défi, avant de me les enfoncer dans la gorge, soucieuse de lui montrer comment on peut se faire mal quand on ne s'aime plus. J'ai hoqueté, mon corps s'est soulevé, et j'ai vomi très vite sur le plancher du grand salon. Après quoi, la bouche tordue, j'ai crié que la prochaine fois, je m'enfoncerais un couteau dans la glotte pour lui faire comprendre que c'était pas du chiqué.

Je me suis beaucoup ennuyée, toutes ces années. J'ai plus ou moins arrêté mes cours, traîné dans mon lit, parcourant un peu de poésie, dormant tout mon saoul. J'ai évité de lire du Kampa, pourtant nombre de ses titres étaient traduits, je le savais bien. Je passais l'aspirateur, rangeais la maison, briquais les boiseries, époussetais les livres. Je faisais honte à voir. Ventre qui gargouille, os qui saillent, seins plats, le tout décalcifié, veines trop faciles à trouver pour les prises de sang, je m'effondrais, m'évanouissais dans la rue. Trois mois sans règles, puis six, je vivais comme un bébé qui tète ses vitamines, je me concentrais sur le pesage, la balance. Le dernier électrocardiogramme n'était pas fameux.

Et Kampa qui ne donnait toujours pas de nouvelles ! J'étais redevenue le bébé que Maman et lui ont imaginé de faire par une nuit d'amour. Je me disais qu'il ne savait pas que Maman était morte, sinon il donnerait signe de vie, il me dirait de venir, que ma famille désormais c'était lui, qu'il m'inviterait à Prague.

Deux mois durant, j'ai eu droit à la sonde naso-gastrique. De son utilité Fred m'a convaincue, et surtout son confrère. Un petit tuyau tout mince qui me sort du nez, relié à la poche transparente : cinq cents grammes à absorber goutte à goutte, matin, midi et soir. Une pauvre vie qui ne tient qu'à un fil relié à un pied à sérum. Peur que ça s'arrache, que ça

146

tombe. L'estomac qui renâcle. Les poches que je vide en cachette dans la cuvette des toilettes quand j'en ai vraiment assez de me lester ainsi le ventre. Mais le corps se nourrit malgré lui, et je grossis ou m'en persuade. Bientôt, je pourrai aller voir Kampa, me présenter à lui, je ne ferai plus honte ni pitié. Mes troubles se calment, je n'oscille plus de l'anorexie à la boulimie : j'ai commencé à considérer le flan pâtissier comme le meilleur ennemi de ma guérison.

Comme la sonde n'a pas suffi à me stabiliser, le médecin a ordonné une nouvelle hospitalisation. J'ai protesté pour la forme. Il a dit qu'il déclinerait toute responsabilité si je n'entrais pas tout de suite dans son service, parce qu'avec les vingt kilos que j'avais perdus, je n'étais pas à l'abri d'une chute du taux de potassium et d'un bon arrêt cardiaque.

Au total, j'ai passé trois mois et demi à l'hôpital. Sept séjours en tout et pour tout : deux semaines, un mois, une semaine, une semaine encore, deux semaines, une semaine, trois autres pour finir.

De jour en jour, j'ai mis un peu plus d'ordre dans ma vie, mes souvenirs, mes émotions, comptabilisé mes amis, mes bonheurs. Jusqu'à ne plus rien ressentir, n'être plus blessée par rien, devenir indifférente à tout. Se dire qu'on a un chemin et qu'on doit le tracer, même si c'est dur, froid, long, et que ça ne mène nulle part. Et que c'est toujours mieux que de se survivre à coups de restitutions vomitives et de chasses d'eau.

Je n'ai pas voulu mourir. Pas tout de suite, en tout cas. Suicide, dénutrition totale : j'avais le choix. Mais je me devais à Kampa d'être vivante. Je m'accrochais au poème de Desnos : « Mon tombeau mon joli tombeau/ Il sera peint au ripolin/ Avec des agrès de bateau/ Et des tatouages de marin. » Quelques garçons m'ont aussi aidée à tenir debout. Pauvre vie toute sèche, pauvre corps qui souffre. Le cœur qui s'affole, s'inquiète : une brutale chute de tension un jour, de l'hypothermie toujours, une autre fois quarante pulsations minute. Rechutes à répétition. Yoyo. Yin et Yang. Va-et-vient, bien et mal, maigrir et grossir, ne jamais s'arrêter à l'équilibre. Phobie des hommes, puis quelques passions exagérées. Déprime rampante, même quand je vais bien, que je pèse le bon poids.

La boulimie est un perpétuel balancement. Je mange jusqu'à la douleur : de la semoule, du beurre, du sucre, du chocolat, du miel et de la confiture, des croissants, cinq ou six, une fois dix, des boîtes de conserve. J'étouffe. Deux doigts dans la gorge, délicieux vomissement qui soulage puis m'endort, après deux ou trois somnifères pour l'angoisse.

La nuit, je rêve de lui. Qu'il me regarde, me caresse le front, me dit que je suis sa fille et la plus belle. Mais c'est Maman qui me manque. Affreusement.

J'essaie de me purger, j'ai toute une panoplie de diurétiques, de laxatifs, je bois des litres d'eau pour me nettoyer le ventre.

Je ne dors presque plus. Je ne rêve plus seulement de Kampa, il m'accompagne de jour comme de nuit, je l'imagine avec Maman, main dans la main. Je ne suis jamais fatiguée.

Une à deux fois par semaine, je m'attaque à la nourriture, enfourne dans l'urgence, avale sans mâcher. Dans la bouche, un fond permanent d'acidité. L'estomac me brûle, le bout de mes doigts également. Toujours aimable, le médecin me promet sous peu un ulcère de l'œsophage. Mais je suis droguée. Ivre de ma douleur d'orpheline, en manque de tout. Engluée dans cette torpeur, cette ivresse étrange, celle du ventre comblé avant qu'une douleur abdominale aiguë ne vienne me rappeler que je joue avec le feu. Dégoût de tout. Remords, plus encore.

Régulièrement, au supermarché, je vole des aliments. Je rêve qu'on m'arrête à la caisse, devant le rayon, à la sortie. Qu'on m'interroge. Qu'on me demande qui prévenir.

Je dirai alors : pas Maman, c'est trop tard, pas Papa, c'est trop tôt. Non, appelez Pavel Kampa. Kampa, vous savez ? L'écrivain, le grand écrivain. Non, je n'ai pas son numéro de téléphone, trouvez-le-moi, dites-lui que sa fille va moisir en prison parce qu'elle a volé de la nourriture au supermarché, et voyez un peu ce qu'il fait, dites-lui bien de venir me chercher, que, s'il ne vient pas, je vais rester là, emprisonnée, et qu'on dira un jour que la fille d'un prix Nobel n'a été réclamée par personne, qu'on l'a abandonnée parce que Prague est loin de Paris et qu'on n'a jamais été fichu de trouver le numéro de téléphone du plus grand écrivain au monde.

Six mois durant je n'ai pas eu mes règles. J'ai saigné ailleurs. Poignets tailladés. Jolies entailles. Je lèche mon sang. Sucré-salé. Besoin de dormir avec quelqu'un. Je fais l'amour sans plaisir. Juste avant, il m'arrive maintenant de boire pour me donner du cœur à l'ouvrage. Le psy préfère ces excès aux mutilations ou aux scarifications que je m'impose. À chacun sa dépendance. Je ne lui parle plus de Kampa. Je ne veux plus en parler, n'y plus penser. Évidence de la régression du désir. Pauvreté du sexe. Je renonce à me faire du souci. Kampa, je m'en fiche, je lis un jour un poème de lui que je trouve mauvais, un autre un peu meilleur. Un drôle de sentiment, tout de même. Mon médecin craint pour mes reins. Moi, pour mon physique. On me disait splendide. Dans le miroir, j'ai l'impression d'être devenue sans âge. Un fantôme qui ne touche plus terre. Lors d'une consultation, un psychiatre croit avoir trouvé le sésame pour m'engager sur la voie de la guérison : j'aurais besoin d'une véritable « restauration narcissique ». J'ai eu envie de le mordre.

Mes règles sont revenues peu à peu. Irrégulières.

Je continue à passer des heures à la cuisine. Je lave et relave, rince tous les aliments dans l'évier. Je fais cuire très longtemps des légumes dans de grandes casseroles. Je mange debout. Pulvérise un peu de vinaigre et de citron sur les légumes tièdes, les feuilles de salade. J'adore déjeuner et dîner seule.

J'ai mauvaise mine. Malgré le beurre de karité, mes cheveux se cassent, tout comme mes ongles que je finis par couper tant ils se strient puis s'ébrèchent. J'ai les extrémités des pieds violacées, la peau desséchée. Et pourtant, je lis dans le regard de mes amants qu'ils me croient belle encore. Mais il n'y a plus que Fred, désormais, pour me le dire. Fred dont il va bien falloir que je parle.

152

J'ai tant rêvé de toi

Telle est ma chronique de ces dernières années.

Voilà ce que Pavel Kampa ne savait pas encore de moi.

25

Deuil pour deuil

Maudit !
Soit le père de l'épouse
Du forgeron qui forgea le fer de la cognée
Avec laquelle le bûcheron abattit le chêne
Dans lequel on sculpta le lit
Où fut engendré l'arrière-grand-père
De l'homme qui conduisit la voiture
Dans laquelle ta mère
Rencontra ton père

Robert DESNOS,
La Colombe de l'arche.

26

Je suis rêveuse et fragile

JE n'ai survécu à toutes ces années qu'en
m'accrochant à un symbole, lequel m'a
reliée à tout instant, de manière ombilicale, à
ma mère et à celui dont je venais d'apprendre
qu'il était mon père. Seuls les garçons avec qui
je fais l'amour en connaissent la clé d'entrée :
autour de mon nombril, la copie le plus pos-
siblement exacte du tatouage que Maman
s'était fait faire à Prague en 1968.

Le tatoueur de la rue Lepic a reproduit à
l'identique le dessin que je lui avais donné du
grand ours brun et de la comète bleue. La taille,
l'emplacement, les motifs, les couleurs. Seul le
nombril qui sert d'œil au plantigrade n'est pas
le même.

Je ne suis pas peu fière d'avoir hérité de
Maman cet emblème unique. Ce tatouage est

mon livret de famille, ma reconnaissance en paternité et maternité, il est le témoignage d'un amour excessif ou mythomane dont je suis le fruit fragile.

Avec le temps, l'amaigrissement brutal, puis le surpoids, les hauts et les bas de la balance, la peau s'est étirée, distendue, l'image a gagné en netteté tout en perdant de sa clarté. Mais ils sont, au centre de moi, ours et comète, et sans exagérer, je leur dois d'avoir tenu bon dans cette fichue course à l'identité.

27

Confident des Sibylles

Dans la Skoda, le chauffeur de taxi que j'ai hélé en sortant de chez Kampa plaisante autant qu'il fume. Vitre baissée. Onze heures du matin et on gèle encore. Lui, pas. Moi, si. Je râle. Il râle. Se moque de sa voiture achetée d'occasion, qui vraiment ne vaut pas tripette. Un très vieux modèle. Seules les Trabant sont plus pourries, jure-t-il. Il veut me faire peur en disant que ça ne tient pas la route et qu'avec ce temps, un peu de verglas pendant la nuit, une Skoda, même construite aujourd'hui par Volkswagen, c'est un cercueil roulant. En route pour les urgences ! Sûr que demain il neigera. Le temps est à ça. Du coton dans les nuages, il s'y connaît, à coup sûr demain les taxis feront du ski.

La neige lui manque et il baisse encore davantage sa vitre, en pestant contre la manivelle à moitié cassée de sa portière. Rejette une épaisse bouffée de cigarette par la fenêtre. Je lui ai dit de foncer à l'aéroport, de m'attendre là-bas, et qu'on repartirait après au Yalta. Compteur ouvert. Coup de volant brutal. Trop de virages, les nids-de-poule, les coups de frein, d'accélérateur, une conduite un peu sportive pour rattraper le retard. Tandis que le compteur tourne, le chauffeur me vante les routes buissonnières, une petite taverne, là, à Liben, une autre à Holešovice, une carpe farcie dans un restaurant de poissons de Bubeneč. Et du fromage frit, *smazeni syr* et de la bière ! Ensemble ! Il veut faire rire, ça décontracte et ça plaît aux femmes, d'après lui. À la seule évocation de l'huile qui fait frire le fromage fondu dans la chapelure, je suis parcourue d'un grand frisson. J'ai froid, surtout. L'air glacé des banlieues de Prague s'engouffre dans l'habitacle. Parfum insistant de lignite, combustion lente. Qu'il arrête donc de tirer sur ses Sparta et qu'il remonte la vitre ! Eh bien non, il en allume une nouvelle et monte… le chauffage ! Bouffée d'air brûlant, soudain. Sous les pieds, comme une bassinoire en cuivre garnie de charbons ardents. Le visage de Kampa, ses lèvres

160

humides, ses yeux fous me reviennent. J'angoisse. J'étouffe sous mon manteau fourré. De guerre lasse, épuisée par la nuit à la taverne, asphyxiée par les vapeurs de tabac mêlées à celles du gasoil, je somnole.

J'aime bien ce demi-sommeil. On quitte le centre-ville. Les quartiers sont déserts. Des paquets de brouillard s'invitent dans l'habitacle de la Skoda et font à nouveau baisser la température intérieure. Le froid me réveille. Cinq minutes avant d'arriver à Ruzyně, le moteur de la voiture se met à tousser. Soubresauts de la Skoda : elle rechigne à rouler plus avant dans la brume qui ne s'est pas levée depuis le matin sur l'aéroport. On poursuit péniblement.

L'avion s'est déjà posé quand nous arrivons.

Frau Youki Roussel ! Un cri comme un avis de recherche. On a frappé à la porte de ma chambre. Une urgence. Le message de Fred dans la main, le concierge est monté, ce matin à sept heures, me porter ces trois mots griffonnés. Quand Fred m'a appelée cette nuit, je n'étais pas seule, il l'a bien compris. Même complètement ivre, à moitié déshabillée, je ne lui ai rien caché, pas menti. J'en suis incapable, il est trop honnête, tout comme je suis incapable de rester fidèle. Il en souffre, mais c'est ainsi, c'est plus fort que moi. Je tiens ça de ma mère, cette peur de finir comme un oiseau en cage. La Furtive… En fait de mots, son message est un horaire. Il accourt par le premier avion de Paris qui atterrit ce matin à 11 heures 40.

Alors, comme je l'aime autant que je le rejette, comme j'en ai terminé ce matin avec Pavel Kampa, je décide d'aller l'accueillir à l'aéroport.

Tu m'as cherchée, Fred, dis-tu, cherchée partout, grand bien te fasse. Tu t'es douté. Que ce serait là, à Prague. À la recherche de qui, tu le sais ! Ça ne te plaît évidemment pas. Surtout, lui : Kampa ! Je ne suis pas femme à laisser mon adresse. Je vivais chez toi ? Et alors ? Tu as eu peur ? Peur pour qui, dis-moi vraiment ? Je pars quand il me chante et quand la pie s'envole je tire ma révérence, tourne casaque, prends le large, laisse place nette. Jambes à mon cou avec la clé des champs pour tout bagage.

J'ai tant rêvé de toi

Depuis quelques semaines, je n'en peux plus de tes bons sentiments. J'ai décidé de les fuir. Pour aller là où tu n'es pas.

En chemin, je me récite « Le pélican », un autre poème de Desnos qui a bercé mes nuits et que j'ai posé sur la table de la salle à manger, il y a une semaine.

Le capitaine Jonathan,
Étant âgé de dix-huit ans
Capture un jour un pélican
Dans une île d'Extrême-Orient.

Le pélican de Jonathan
Au matin, pond un œuf tout blanc
Et il en sort un pélican
Lui ressemblant étonnamment.

Et ce deuxième pélican
Pond, à son tour, un œuf tout blanc
D'où sort, inévitablement
Un autre, qui en fait autant.

Cela peut durer pendant très longtemps
Si l'on ne fait pas d'omelette avant.

163

Tu m'as trouvée, Fred, c'est si vrai, trouvée, je suis ta trouvaille. Tu es mon découvreur, tu te crois mon inventeur, tu n'es en fait que mon fossoyeur. Tu te dis mort d'inquiétude ? Quelle horreur ! Et tu n'as vraiment pas compris pourquoi j'étais partie ! Avec ce poème d'adieu, un mot disait tout, alors qu'il ne t'était pas destiné : « Je n'aime pas la vie. » Pourquoi tes soins, ton attention, ton amour en guise de protection contre mes démons, ta médecine, tes recommandations, pourquoi tout ça ne vaut pas une heure à marcher seule par les rues, ou un amant collé à mes semelles, pourquoi je préfère te tourner le dos, à toi, si parfait parmi les parfaits.

Tu ne m'as pas guérie, tu n'as pas cessé d'essayer, mais je ne t'ai jamais aidé, j'étais en guerre contre moi.

J'ai voulu t'être indispensable, la première, la plus aimée, la seule. Mais moi, je n'ai aimé que ce qui me menaçait.

Tu n'y es pour rien, mais je ne suis pas partie pour rien.

164

J'ai tant rêvé de toi

À Prague, j'ai vraiment à faire.

Et tu tombes mal en débarquant, car, pour moi, ici c'est aujourd'hui ou jamais.

28

Adieu je partirai
comme on meurt un matin

J'AI tant rêvé de toi, Fred. C'est du Desnos, mais c'est aussi du Youki. Toi mon fiancé, le seul de tous les hommes à ne guère apprécier l'ours et la comète autour de mon nombril.

Je t'entrevois derrière la vitre de la douane, déjà angoissé parce que tu ne me trouves pas, agacé peut-être, mais si amoureux. Tu m'exaspères, toujours à contretemps avec ta bonne volonté en bandoulière. Pourras-tu accepter un jour que je t'aime à ma façon, surtout de loin ? Je sais déjà que dans dix minutes, une fois passées les premières effusions, nous allons à nouveau nous entre-déchirer. Tu ne pourras t'empêcher de me questionner, je ne pourrai m'empêcher de fuir.

J'aime à te regarder quand tu ne le sais pas. Détailler, l'œil en coin, ta longue silhouette un peu voûtée. Ton air absent de voyageur sans bagages. J'aime à te regarder lire, dormir à ton insu. Peu m'importe si cela ne te suffit pas. Moi, cela me comble.

Et maintenant je prends mon courage à deux mains pour t'affronter.

29

Parle saigne et crève

DEPUIS que je vis chez Fred, je suis comme dans une infirmerie. Ou une clinique, c'est selon. Mais qu'importe au demeurant. Tout est blanc : la cuisine, la salle d'eau, la chambre, le salon, la salle à manger, tous les couloirs, murs et plafonds, les bougies parfumées, les tapis tressés, les serviettes, les culottes, les soutiens-gorge, le lait écrémé stérilisé UHT que je bois à longueur de journée, le peignoir que je ne quitte pas, l'émulsion dont j'enduis ma peau et dont la dermatologue m'a dit qu'elle éviterait le dessèchement dû à ma maigreur. Blancs les radis blancs au sel blanc de Guérande, les yaourts zéro pour cent, le riz basmati, les blancs de poulet dont je rejette le reste tout comme le jaune des œufs durs que j'avale matin, midi et soir. Blanc, le premier cheveu blanc sur ta tête, Fred, et que j'ai exhibé un matin comme un trophée, celui de tous les soucis que je suis si fière, moi, la garce des garces, de te donner. Blanche la page d'ouverture de mon texte de doctorat, tout comme celle du journal que j'ai interrompu le temps d'être soignée. Blanc cassé dans la paume de ma main ou dans ma gorge, ton sperme. Blanches les ablutions au savon, à l'eau tiède, dont je ne cesse d'entourer la cérémonie du sexe, avant, après, ne cessant jamais de laver, de lécher, de lustrer le poil. Blanche encore la crème démaquillante dont je me tamponne le visage, fardé comme celui d'un clown, lorsque je défais mon masque de sortie. Les soirs d'aventure quand tu es, toi, de garde.

Le parc des Batignolles est tout proche, j'y promène ma neurasthénie en laisse comme Nerval le faisait au Palais-Royal avec son homard. Le trois-pièces, quoique trop blanc, est agréable à vivre, lumineux, orienté à l'ouest, calme dès que la fenêtre est fermée. Tous les trois ou quatre jours, Fred m'apporte des fleurs, blanches de préférence, tulipes, lis, roses, des tombereaux de fleurs que j'ai à peine le temps de disposer dans des vases : leurs pétales morts s'agglutinent par terre et s'y décomposent en prenant la couleur de la neige sale. Je ne ramasse rien, en pensant à mon maître : « Un champignon pourrit au coin de la forêt ténébreuse dans laquelle s'égare et patauge pieds nus une femme du tonnerre de Dieu/ Ça pourrit dur au pied des chênes/ Une médaille d'or n'y résiste pas/ C'est mou/ C'est profond/ Ça cède/ Ça pourrit dur au pied des chênes/ Une lune d'il y a pas mal de temps/ Se reflète dans cette pourriture/ Odeur de mort odeur de vie odeur d'étreinte. »

Quand on est malade comme je le suis, avoir un médecin à domicile n'est pas du luxe. Fred est un gynécologue réputé. Vingt ans de plus que moi. Il a failli être pédiatre. Les femmes et les enfants d'abord. Il aurait certainement été un bon pédiatre. Il a préféré les mères, les ventres d'où sortent les enfants, les femmes en général, leurs corps bosselés, troués. Je ne suis pas une enfant, mais les recettes pour aller mieux se valent à tout âge. Au début ça m'a

rassurée, le cadre hospitalier de son appartement. Comme si j'avais tout fait pour m'y
trouver protégée. Dans la journée, je ne sortais
jamais des draps blancs de ce lit de vierge mille
fois déflorée. J'attendais toujours la fin de
l'après-midi qu'il revienne de l'hôpital pour
m'habiller.

Quand il rentre, c'est animé d'un principe :
jamais il ne parle des patientes, des drames, des
opérations, des vivantes ou des mortes. Il n'est
plus médecin à la maison. C'est un tendre
amoureux d'un mètre quatre-vingt-huit, rug-
byman chez les juniors de Toulouse quand il
faisait ses études sur les rives de la Garonne,
puis à Paris quand il a terminé sa spécialité.
Beau garçon, baraqué, brun, rassurant, non-
chalant, un peu lent. Tout juste quarante-cinq
ans, mais déjà à son actif une vingtaine de
missions pour Médecins du Monde, au Niger,
au Rwanda, au Népal, en Turquie, en Haïti. Il
a combattu toutes les formes de malnutrition
des enfants, les carences alimentaires, les mal-
traitances des femmes, les cas de stérilité, les
corps abîmés par l'excision, le viol, les accidents
de la vie.

Généreux, il voudrait à son tour des enfants. Avec moi.

Je suis entrée chez lui les yeux fermés, une nuit qu'il m'avait enlevée d'une soirée chez des amis où j'avais bu de la vodka jusqu'à pleurer des larmes de seigle et d'orge. C'était la seconde fois qu'il me rencontrait, après avoir souvent entendu parler de moi, de mes singulières reparties, de ma folie du blanc, de mes surprenantes aventures masculines, d'une ou deux femmes qui étaient tombées raides amoureuses de moi.

La première fois, c'était pendant la maladie de ma mère. Elle était sa patiente, il lui avait fait faire des examens approfondis quand, après l'avoir sondée, il avait redouté une tumeur à l'utérus.

Il se trompe rarement.

Il ne s'était pas trompé.

En quatre mois, ç'avait été fini.

Trois ans plus tard, je l'avais retrouvé lors d'un dîner chez des amis. J'avais roulé mes mots jusqu'à lui comme roule l'écume au bord

de la plage, et il avait gagné la haute mer avec
moi, la liberté de tout dire, la réplique cin-
glante, même à table entre gens de bonne compagnie, désignant la vulve dans les moules crues
à l'escabèche, une couille dans l'œuf mollet
posé sur son lit d'épinards. On avait ri de ces
crudités, j'étais fâchée par les conventions du
dîner, assoiffée de la suite. Sous la table, ma
main avait frôlé sa cuisse. Dans la voiture,
j'avais abaissé la fenêtre, puis chanté, ivre
encore, une chanson tchèque qui me rappelait
ma mère et le beau poème d'Apollinaire sur le
Hradchin et les Tziganes. Il m'avait portée dans
ses bras, jusqu'au troisième, chez lui, parce que
je ne rentrais pas debout dans le petit ascenseur.
Je me souviens encore du regard inquiet qu'il
avait porté sur moi, de la tendresse que j'y avais
lue, et de son sexe que je sentais durcir contre
mes fesses. Il m'avait couchée dans son lit, glis-
sée entre les draps, un peu déshabillée, s'était
allongé contre moi, puis, craignant de m'imposer son désir si palpable, il était descendu, au
pied du lit, rampant jusqu'au sofa sur lequel
il avait terminé sa nuit. Cette délicatesse-là,

croyait-il, le distinguerait. Plus tard, il m'a dit que le tatouage l'avait quelque peu effrayé.

Il n'a pourtant jamais su combien je lui en ai voulu de ne pas m'avoir fait l'amour cette nuit-là. J'ai alors décrété qu'il n'aimait pas mon corps, que j'étais trop grosse, ou trop maigre, qu'importe, boulimique ou anorexique, du pareil au même, bref qu'il n'avait pas envie de moi. Il me rejetait, il ne me désirait pas. Il incarnerait donc à la perfection la figure de l'aide-soignant ; celui qui avait soigné la mère et soignerait la fille. L'amant, je décidai d'aller le chercher ailleurs.

30

Ce qu'il reste de sel
après qu'on a pleuré

QUAND nous nous sommes retrouvés dans la chambre 615 du Yalta, je lui ai tout dit. Mets-toi à ton aise, Fred. Il en a besoin, il tremble, un frisson qui ne l'a pas quitté depuis le taxi, à la réception de l'hôtel ils ont même eu un peu peur, il a vacillé dans l'ascenseur, s'est appuyé contre les parois de la cabine, le front trempé. À peine entré dans la chambre, il s'est assis sur le bord du lit, du côté de l'oreiller. Et moi, à ses pieds, sur la moquette, comme pour ne pas l'inquiéter, ni l'encourager. La chambre n'a pas été nettoyée, malgré le petit panneau pendu à l'extérieur à la poignée, les draps sont défaits, froissés, obcènes, avec cette tache de sang, Fred s'en est rendu compte. Nous sommes gênés. Je m'excuse d'un regard, mais pas davantage. Je lui parle de Kampa, de

177

ma tentative avortée. Je savais ce que Fred allait me dire. Que j'avais commis une erreur en venant ici, à Prague, sur les traces de ce père toxique. Même monstrueux, on ne pouvait vraiment pas lui en vouloir de n'avoir pas reconnu sa fille, surtout si l'histoire avec Agathe s'était passée à la sauvette, dans une chambre d'hôtel. Je n'avais qu'à m'en prendre à moi-même.

J'aime quand il me raisonne comme un grand frère. Il va presque mieux, il s'est redressé, ses larmes se sont taries : sur son visage émouvant, de longues traces blanches sur sa peau mate, ce qu'il reste de sel après qu'on a pleuré.

Il a beau se coller à moi, m'embrasser, se déshabiller, me chuchoter des mots tendres, me promettre mille paradis, je n'ai pas envie de faire l'amour avec lui.

– Non.

– Non ? Tu dis toujours non.

– Non.

– À quoi ?

– À toi. À toi je dis non.

— Aux autres ?

— Je ne dis rien.

— Rien, tu le jures ? Jamais oui ?

— Je ne jure rien. Je ne dis rien. Je ne veux rien.

— Tu ne me veux pas ?

— Toi, je t'ai déjà.

— Et alors ?

— Alors, je ne te veux pas.

Fred est blême. Je crie que je ne le veux pas. Je le crie plus fort encore. Il ne veut pas accepter ce que je lui dis. Il pleure à nouveau, le visage tout barbouillé. Il veut être avec moi, me retrouver, me regagner, m'aimer. Faire l'amour pour effacer, laver les blessures que m'a infligées mon père sans le savoir. Fred décortique tout, mot après mot, syllabe après syllabe. La fièvre le fait chanter. De Kampa, les louanges. Père pervers. Père de tous les vers. Trop vert poète. Envers de père. Et contre tout. Fred est brûlant. Il délire. Il veut être léger pour me calmer.

Il est fatigué de ce voyage : le départ de Paris au petit matin et les trous d'air dans l'avion.

Il m'a cherchée si longtemps.

Des années qu'il cherche une femme comme moi. Qui ait besoin de lui.

Il a eu peur.

Délicat, gentil, amoureux, mais jamais à l'unisson.

Il m'a redit qu'il m'aimait et qu'il avait envie de moi, depuis le temps. Une semaine que j'avais disparu. Qu'avec l'inquiétude, son désir s'était affirmé. Qu'il était comme l'ours dressé qui regarde, en l'admirant, la comète tatouée.

31

Les belles mourus-je d'amour

J'AI réussi à le calmer, une main sur le front. Qu'il se repose, dorme un peu. Qu'il me fasse confiance. Il s'allonge à même les draps ouverts. Ma main le rassure, il croit à une caresse. Je ne veux que mesurer sa fièvre. Il est beau, dans la souffrance. Fiévreux, il transpire. Ce n'est pas le moment de faire l'amour. Je lui dis cela comme à un enfant. D'ailleurs, je n'ai pas le temps. Un autre rendez-vous m'attend. Olga Tessarova : une dame plus toute jeune qui m'a invitée à prendre le café. À quatorze heures. Dans sa librairie, une petite rue, Melantrichova, pas facile à trouver. Un rendez-vous important pour ma thèse sur Desnos, pour mieux me comprendre, mieux comprendre Kampa. Je repasserai à l'hôtel après. Je me suis bien gardée de lui parler de ma soirée à l'ambassade et, avant, du rendez-vous avec Pavel, chez lui.

Fred s'est endormi sur le lit, exténué. Le Youki, il faut s'y faire, est un animal sauvage ! À lui seul, le nom dit l'étrangeté de l'espèce. Toujours fuyant, irrattrapable ! Tous les moyens sont bons, mais impuissants à me saisir : le lasso, le pot de miel, la gerbe de fleurs, la bassine d'eau fraîche… Rien n'y fait. La vérité est que je n'ai aucune envie de faire l'amour avec Fred. Ni aujourd'hui ni demain. Pas plus qu'hier. Avec Fred nous ne faisons presque jamais l'amour. C'est bien ainsi. C'est sur cette base-là que je l'ai accepté. De la tendresse, certes. J'ai toujours une bonne raison à invoquer, une migraine, une anémie, des règles déréglées, une souffrance en réserve. Fred dort profondément, il me croit assagie, nous sommes tous deux dans le même lit, ça le rassure. Sans moi il ne dort pas, c'est important pour lui qu'on s'y retrouve à un moment ou à un autre de la nuit, qu'on dorme ensemble comme deux chiots dans leur corbeille. J'entends son souffle, sa respiration reposée. Sur ses paupières closes, son visage, dans le rictus qui déforme la bouche, on voit qu'il a souffert. Il a besoin d'oublier et le sommeil est vertueux. Je tire les rideaux, plonge la chambre dans la pénombre et sors sur la pointe des pieds. Je retourne le petit carton pendu à la poignée, le signal passe au rouge : personne ne le dérangera.

Je cours dans la rue. De Wenceslas, je m'engouffre dans Celetná. Essaim de touristes. Je fraie ma route, à droite je laisse Stavovské divadlo, son théâtre des États, Mozart et la première de *Don Giovanni*. Davantage de touristes encore massés devant la façade néoclassique, et, plus loin, devant la maison aux Ours, avec la plaque dédiée à Egon Erwin Kish. À droite de nouveau, une minuscule rue piétonne, puis au fond, à vingt mètres, une vieille boutique avec en vitrine des éditions illustrées en tchèque de Karel Čapek, de Breton, une biographie de Le Corbusier, la première monographie du photographe Josef Sudek et, en français, de mon poète favori, un tiré à part du *Club des buveurs de sperme*.

32

Je suis le vers
témoin du souffle de mon maître

JE pousse la porte, grincement des huisseries, frottement contre le parquet, bruit de clochettes ; le lieu sent le bois, le papier, la sagesse studieuse, d'emblée je m'y sens bien. Joie de vivre dans l'orbite d'un vieux poêle en émail coloré. J'entre dans une maison familière. La pièce n'est qu'un long couloir dédié à la lecture, couvert d'étagères et de parallélépipèdes savants, illustrés, riches de mots, riches de langues, des livres rebelles, ennemis du fil à plomb, des sommes de papier pressé qui dépassent du bord, se distinguent ou se rétractent, s'écrasent, s'effritent, se cornent. Rassurante présence. Une jeune fille pâle, à la peau de porcelaine, est assise derrière un petit bureau, recouvrant des livres de feuilles de cellophane. Mouvement mécanique des mains qui se

185

croisent, se recouvrent, emballent l'ouvrage comme on lange un enfant. Sublime maternité devant laquelle je m'arrête pour regarder.

De l'arrière-boutique une femme me fait signe, pareillement frêle, mais bien plus âgée. C'est Olga, elle a compris qui je suis, elle m'entraîne avec un sourire complice dans un capharnaüm invraisemblable : une minuscule pièce de quinze mètres carrés tout au plus, très haute, avec des livres, des livres, rien que des livres, des milliers d'ouvrages empilés le long des quatre murs. Une lucarne à cinq mètres du sol s'ouvre grâce à une grosse ficelle reliée à une petite boule d'acier. Une échelle sert à aller chercher les volumes les plus élevés. La réserve. La réserve d'Olga ! Tout son monde. La mémoire du monde. Tout le savoir. Alexandrie, avant l'incendie.

Le risque n'est pas négligeable : une vieille bouilloire équipée d'une résistance dégage un peu de vapeur. La buée grimpe le long des étagères, se condense sur les reliures, l'or des poinçons. Dans un flacon de verre, un succédané de café en poudre. Senteurs d'Allemagne de l'Est, goût de lignite. Olga me tend une jolie tasse ébréchée. Cérémonial de bonne humeur. Olga est gaie, élégante dans son tailleur marine des années soixante-dix. La peau du visage fripée, fragilité du papier de riz, petites veines saillantes, tachetée de son, est éclairée par des yeux lumineux. Des cheveux très fins, encore un peu blonds. Elle parle un français magnifique. Évoque le souvenir du lycée français d'avant-guerre, de sa bonne éducation, de l'Alliance française de Prague, des Sokols, cette société gymnique dont elle est alors membre. Elle a joué sur les genoux de Jan Masaryk. Son père était aux côtés de Beneš à Londres, il a organisé avec des parachutistes tchèques l'attentat de 1942 contre le *Reichprotector*, le SS Heydrich. De l'horreur des représailles nazies, du village de Lidice rayé de la carte, des hommes assassinés, des juifs conduits à l'extermination via Terezín, elle parle en préparant le café à sa manière : allègrement. Du sucre, beaucoup de sucre au fond de la tasse, du gros sucre qu'elle pile, puis d'une petite boîte de conserve, elle extrait et verse de la crème de lait, épaisse, sucrée, bien jaune. Elle écrase la poudre, le sucre, malaxe l'ensemble ; la bouillie s'épaissit

187

sous la cuillère. Experte, Olga continue de me parler, concentrée, en faisant sa petite tambouille. La boule sombre se met à fumer et à grésiller quand elle y fait couler l'eau chaude. Entre mes mains la tasse me réchauffe. Je me sens soudain épuisée. Le sucre et la crème mélangés au café me redonnent des forces.

– Buvez, ça fait du bien. Par ce temps ! Cette nuit il va neiger ! On attend la neige depuis si longtemps. Prague sans la neige, ce n'est pas ma ville !

Olga a raison, il fait de plus en plus froid dehors. Le ciel est d'un blanc métallique. Par la petite fenêtre, tout en haut de la pièce, on voit la nuit prête à tomber. Il est à peine plus de deux heures de l'après-midi. Fred doit dormir profondément.

Intarissable, Olga parle avec légèreté, mais jamais à tort et à travers. Du Prague des années trente, des cubistes qui se sont mis à construire des maisons, de la honte des accords de Munich, des marionnettes de Jiří Trnka, du printemps de Prague, puis de la nuit qui s'en est suivie… De cette solitude, alors, du refuge auprès des livres. Elle tient cette librairie depuis le début des années soixante. Manuscrits rares, tirages limités, littérature, poésie, histoire, photographie. Elle songe à vendre sa boutique, à retourner vivre dans sa maison de Moravie, près de Brno. La délicieuse jeune vieille dame vient de fêter ses soixante-dix ans.

— Nous avons exactement le même âge, avec Pavel, à dix jours près. C'est d'ailleurs son anniversaire aujourd'hui : 27 janvier 1925. Il a choisi la date exprès, pour la cérémonie à l'ambassade. Double célébration, au cas où nous l'aurions oublié. Ce narcissisme ! Lui, lui et encore lui.

— Vous ne viendrez pas, ce soir ?

— J'ai été invitée. Mais je ne viendrai pas. Cela fait cinq ans que je ne lui parle plus. Depuis la révolution, depuis Havel. Il a trop retourné sa veste, je n'en peux plus de ses mensonges. Quand on a vécu dix ans avec quelqu'un, qu'on a tout subi, sa manie du sexe, les filles partout, l'alcool tout le temps, on n'est dupe de rien. Il le sait bien. Il sait que je sais. Il a peur.

J'avais évoqué au téléphone à Olga mes recherches sur Desnos. Puisqu'elle l'avait rencontré et qu'elle avait accompagné ses dernières heures, son témoignage était précieux. Très précieux. Mais, dans le fond, je pensais surtout à Kampa. J'attendais d'elle qu'elle me parle du « grand amour » de ma mère, de monsieur mon père qui avait été monsieur son mari. Je savais qu'il avait épousé Olga au lendemain de la guerre et qu'ils avaient vécu ensemble une dizaine d'années. Délicat de l'aborder ainsi, mais vital pour moi.

– Desnos ! Un vrai fonds de commerce pour Kampa ! Personnellement, je n'en rajoute pas. Vous connaissez bien l'histoire, j'imagine, si vous faites une thèse sur lui.

– Je connais l'histoire telle qu'on la raconte. Mais pas l'histoire comme vous l'avez vécue. C'est celle-ci que je voudrais entendre. Il y a quelque chose que je voudrais vérifier avec vous…

– Bon, bon. Ça reste toujours présent dans ma tête. Vous savez comment nous l'avons découvert, avec Pavel ? Desnos venait d'arriver à Terezín, les Allemands avaient fui, le camp était libéré. Le 14 avril 1945, une centaine de prisonniers étaient partis de Flöha, évacués sous la pression des armées alliées. Certains sont arrivés ici le 7 mai, après une longue marche forcée, des jours et des nuits passés à crapahuter. Desnos, qui faisait partie des rescapés, avait été piétiné, on l'avait roué de coups, il était couvert de poux, de boue, un véritable cadavre ambulant... Les autres n'avaient pas eu sa chance : fusillés par leurs gardiens, massacrés, morts d'épuisement... Le jour même, le 7 mai, la ville change de nom : Theresienstadt, cette place forte érigée par l'impératrice Thérèse d'Autriche contre Frédéric II de Prusse, est baptisée du nom tchèque de Terezín. Le lendemain, 8 mai, est un grand jour au camp : la capitulation allemande, la fin de la guerre, l'armistice. La Croix-Rouge commence à distribuer des colis, les prisonniers se mettent à faire la fête, trop sans doute, leurs estomacs n'étant plus habitués à se nourrir convenablement. C'est ainsi que Desnos s'est retrouvé à l'infirmerie avec une forte dysenterie. Pavel et moi sortions déjà ensemble, nous avions

191

entamé des études de médecine à Prague, nous nous étions portés volontaires comme infirmiers pour soigner les déportés.

— Kampa m'a raconté comment, en consultant les feuilles de température, il a vu : *Desnos, Robert, français*. Il avait lu à cette époque des livres sur les surréalistes français, il possédait *Nadja,* de Breton, et un recueil de traductions des poèmes de Desnos... Et il m'a dit surtout comment, dans la baraque n° 2, celle des contagieux atteints du typhus, il a reconnu le poète... Le 4 juin, n'est-ce pas ?

Olga sort d'un rayonnage une édition tchèque de *Nadja*. Deux photos de Desnos au temps des *Grands Sommeils.* Sur l'une il dort, allongé sur un canapé ; sur l'autre il pose, les yeux grands ouverts, sans ses habituelles lunettes.

— Il ressemblait aux deux photos à la fois. C'est comme ça qu'on l'a retrouvé, avec Pavel. Il était étendu sur un matelas au fond de la baraque, dévoré par le typhus. Décharné dans sa tenue rayée parmi une centaine d'autres malheureux. Sur le bras, un étrange dessin : un ours et une étoile. À cinq heures du matin, on l'a appelé. « Oui, oui, Robert Desnos, poète français, c'est moi ! » s'est-il exclamé. Je me souviens de ses yeux noyés dans des orbites caves, de ses mains longues et belles, comme étrangères, déjà mortes sur la couverture. Mais ses yeux brillaient d'une autre fièvre, et sa bouche étonnée souriait, souriait… Je lui ai offert la seule fleur que j'aie trouvée dans le camp, une rose sauvage, une églantine. Il a alors récité un poème que vous connaissez peut-être, « La rose »…

Maman me le récitait quand nous allions ensemble au Jardin des Plantes, à Paris.

Rose rose, rose blanche
Rose thé,
J'ai cueilli la rose en branche
Au soleil de l'été.
Rose blanche, rose rose,
Rose d'or,
J'ai cueilli la rose éclose
Et son parfum m'endort.

– Kampa m'a également dit que Desnos ne se plaignait pas, qu'il demandait seulement à boire et qu'il avait retrouvé un peu de forces,

193

un peu de joie à l'idée que vous l'ayez reconnu, lui, le poète, au milieu de tant de morts vivants.

– C'est vrai qu'il en était heureux. Nous étions dépourvus de tout. Pavel est allé chercher du secours à Prague, en vain. L'eau étant non potable, nous lui en faisions bouillir régulièrement. Le surlendemain, nous lui avons trouvé du chocolat. Il nous demandait des nouvelles de Youki, il nous parlait de Foujita, de Picasso ; il s'excitait, s'échauffait, nous promettait une grande fiesta à Paris, quand il serait sur pied, puis retombait, tremblant, en sueur. Nous nous sommes relayés avec Pavel à son chevet, notamment cette dernière nuit. Il était sans vie ou presque : quelques mouvements des lèvres, sans plus. Pavel a pu lui faire une piqûre. Il délirait doucement. Ce matin-là, le 8 juin 1945, il est mort dans nos bras. Voilà un mois que l'Europe n'était plus en guerre. Et lui le malheureux n'avait pas pu survivre.

– Et le poème ? Le dernier poème ?

Olga me regarde fixement. En un instant sa face se brouille, son regard se trouble. Elle vacille, elle semble sur le point de tomber. Sa voix s'étrangle :

– Que voulez-vous savoir ?

– La vérité.

– Ça vous servira à quoi, la vérité ?

– À comprendre qui est Kampa.

– Et à quoi ça sert de savoir qui est Pavel Kampa ? Et pourquoi devriez-vous savoir qui il est, vous, précisément ?

– Moi, précisément, en effet. Parce que je suis sa fille. Sa fille, vous comprenez ? Qu'il ne le sait pas. Que je l'ai vu, ce matin. Qu'il a essayé de coucher avec moi. Comme avec tout le monde. Et qu'avant de le retrouver tout à l'heure, avant qu'il n'essaie de nouveau, je veux savoir qui il est.

Olga a fait le tour de la pièce en un regard. Elle s'est précipitée sur la porte de la réserve, l'a refermée, m'a demandé si je voulais encore du café, du café chaud, avec du sucre et de la crème, parce qu'il fallait qu'elle me parle, qu'elle me dise la vérité, toute la vérité, celle qu'elle n'avait jamais dite à personne, que ça prendrait un peu de temps, qu'il fallait du courage, de l'indulgence et pas mal d'énergie.

33

Voici venir les jours où les œuvres
sont vaines – ou nul bientôt ne comprendra
ces mots écrits

QUAND je retourne au Yalta, il est presque
quatre heures. Frisson du secret. J'ai le
sentiment de porter au bout des doigts une
grenade dégoupillée. Besoin de marcher. Je me
sens lourde des mots d'Olga. Je sais que Fred
m'attend dans la chambre. Il faut vraiment que
je la confie à quelqu'un, cette vérité. À suppo-
ser qu'on me croie. Il me reste à peine une
heure pour convaincre Fred de repartir, de
m'attendre sagement à Paris – je rentrerai
demain, promis –, une heure pour me préparer
à aller retrouver Kampa dans son antre. Je passe
devant le palais Golz-Kinsky où se trouvait la
boutique du père de Kafka. Le vieil hôtel de
ville dresse avec orgueil sa tour et sa galerie
panoramique. Pour la première fois j'arrive à
l'heure pile devant le cadran de l'horloge astro-

nomique. Squelette tirant une corde d'une main et renversant un sablier de l'autre. Le temps tourne tandis que onze apôtres défilent derrière saint Pierre. L'heure sonne au moment où le coq, froissant ses ailes d'acier doré, se met à chanter. Je m'attarde sur la Vanité qui s'admire dans un miroir. Un guide explique à un groupe de touristes allemands l'animation des signes du zodiaque et les mois qui tournent autour du calendrier dessiné par Josef Mánes. L'horloge de Prague mesure trois temps différents : celui avec lequel nous avons l'habitude de vivre, celui du temps babylonien qui varie en longueur selon les saisons et, le temps, indiqué par des chiffres arabes médiévaux, pour lequel la journée dure vingt-quatre heures mais commence avec le lever du soleil. J'ai envie de crier qu'il est un autre temps, qui les relie tous, celui de la mémoire désentravée, de l'histoire libérée de ses mensonges, que j'incarne ce temps au cœur de tous ces temps, un temps qui délivre et qui permet enfin d'agir. Il va neiger, j'en suis certaine à présent. Tous les fenestrons de l'horloge se referment, les statues de l'Avarice et du Turc se figent, de même que les mouvements de la Lune et du Soleil. Il est l'heure de partir.

Je file par l'étroit passage Melantrichova, la maison aux deux ours d'or. Pas de comètes à l'horizon…

Dans la chambre 615, Fred n'a pas bougé, il dort à poings fermés. Son visage est reposé. Je pose ma main sur son front : la fièvre est tombée. Il ouvre les yeux. Sourires. Presque caresses. Son sommeil a scellé notre pardon : il ne m'en veut déjà plus. Il est là avec moi, dans notre lit, cela lui suffit pour être heureux.

Je lui raconte Olga.

La fin de Desnos, d'abord. La vérité sur Kampa, ensuite.

Fred aime que je lui parle, que je ne lui cache rien, même les horreurs.

Ce qui suivit la mort du poète est assez confus. « J'ai brûlé le poète Robert Desnos ! » s'écria un personnage halluciné, quelques semaines après la libération des camps. Un soldat allemand tatoué d'une croix gammée qu'on avait interné parce que Sudète et rebelle. Il avait procédé à la crémation du cadavre de l'écrivain, il avait choisi de le mettre à part pour que ses cendres ne soient pas mêlées à celles de ses compagnons. C'est à l'Institut français de Prague, 35, rue Štepánská, grâce au Comité national des écrivains et en présence de Nezval, traducteur de Desnos, que les cendres furent remises en octobre à Samy Simon, journaliste et ami de Youki. Des textes du poète furent lus en tchèque comme en français. Simon ramena l'urne à Paris, non sans avoir visité Terezín en compagnie d'Olga et de Pavel.

Le 15 octobre 1945, à la légation de Tchécoslovaquie, Paul Eluard prononce un discours. Une cérémonie se tient la semaine suivante à l'église Saint-Germain-des-Prés et auprès du caveau familial, au cimetière Montparnasse, où est déposée l'urne. Le monde – sa famille, ses amis, les amateurs de belles-lettres – découvre alors que Robert Desnos a écrit un dernier poème, une très courte lettre d'amour à Youki, quelques heures avant de rendre l'âme dans les bras de Pavel Kampa et d'Olga Tessarova. C'est Pavel, l'héroïque jeune infirmier, qui en a recueilli le texte et le publie en décembre 1945, dans un journal tchèque, *Svobodné Noviny*. De l'aveu même de celui qui l'a vu mourir, ces mots furent l'unique bien, avec une paire de lunettes, du malheureux Desnos. L'émotion aidant, le poème a été traduit en trente langues – en allemand par Paul Celan – et semble résumer en quelques mots le drame de l'écrivain, celui de l'époque, l'horreur concentrationnaire et l'impossibilité de l'amour. Il est gravé à Paris sur le mémorial dédié aux martyrs de la déportation.

– Tu connais ce texte.

Fred connaît ce texte, en effet. C'est un poème que je lui ai adressé de l'hôpital, quand je ne pesais plus que trente et un kilos. Il le connaît même par cœur.

> *J'ai tellement rêvé de toi*
> *J'ai tellement marché, tellement parlé,*
> *Tellement aimé ton ombre,*
> *Qu'il ne me reste plus rien de toi,*
> *Il me reste d'être l'ombre parmi les ombres,*
> *D'être cent fois plus ombre que l'ombre,*
> *D'être l'ombre qui viendra et reviendra*
> *Dans ta vie ensoleillée.*

En le récitant, le visage de Fred se brouille. Il doit me revoir sur ce lit d'hôpital, en si grand danger de mort. La veille, j'avais entaillé mon sexe avec une lame de rasoir et saigné abondamment. Il m'avait retrouvée, sac d'os avec, pour emballage, cette peau blafarde, ce regard vidé de toute vie, les orbites saillantes qui tirent l'épiderme autour des yeux et des pommettes. Cette semaine-là, le pronostic vital était réservé, le médecin avait craint une crise cardiaque. Moi, j'étais ailleurs. Je ne voulais même plus vivre, même plus mourir. J'essuie une larme qui fait sa route le long de l'arête droite de son nez.

— Ne pleure pas.

— Ça me fait du bien.

— Tu pleures pour rien, tu sais.

— Je me souviens.

— Il n'y a rien de vrai là-dedans.

— Il y a toi, il y a moi, il y a ce que nous avons vécu.

— J'ai tout oublié, déjà. Je vais m'en sortir. Je le sais.

— Tu vas t'en sortir ? Avec ce vieux fou, ce

père qui veut coucher avec sa fille, tu vas t'en sortir ?

— Lui, c'est réglé.

— Réglé ? Comment ça, réglé ?

— Attends un peu, tu verras. Mais, d'ici là, repars, je te le demande, regagne Paris. Dès ce soir, je t'en prie. J'ai encore une dernière mission à accomplir.

— Et tu reviens, promis ?

— Demain.

Fred est déjà debout, rhabillé. Son sac à la main. Dans l'autre, son billet et son passeport. Il est déjà parti. Ou presque.

— Olga Tessarova t'a dit quelque chose ?

— Oui, quelque chose d'essentiel.

— Sur le dernier poème ?

— C'était un faux.

— Un faux ? Mais fabriqué par qui ?

— Devine !

34

Que rien ne peut séparer la sirène
de l'hippocampe…

J'AI désespérément cherché le bon usage d'un père qui n'existe pas. Ce qui n'est pas la même chose qu'avec un père absent ou un père mort. Sans père, sans jamais de père, l'histoire me faisait défaut, je n'avais pas d'histoire. J'aurais aimé qu'enfant on me pose la question de savoir qui, de mon père ou de ma mère, je préférais. On dit en général, par politesse ou sentiment, qu'on préfère les deux, je me dis, moi, que je ne préfère aucun des deux, pas même la seule à avoir été là, ma mère, si aimante. Je l'ai souvent haïe d'avoir été abandonnée, et, avec elle, moi.

Car, très tôt, j'ai su que mon père était vivant. S'il était mort, on me l'aurait dit. J'en concluais qu'il était nécessairement de ce monde, et c'est ainsi que je me suis convaincue qu'il ne me restait plus qu'à m'en débarrasser.

35

Dans ta vie ensoleillée

LE visage d'Olga est bouleversé. Sa pâleur dissimule à peine un ciel d'orage à l'intérieur de son crâne, une colère farouche. Ses yeux ont décidé de parler et son regard est éloquent. Elle mesure la gravité de son témoignage. Elle s'apprête à le délivrer, elle sait qu'elle se doit à cette vérité-là, à cette dénonciation. Kampa a commis trop de crimes restés impunis, trop blessé, violé, empêché, triché, menti, volé, usurpé. Même si elle me regarde fixement pour ne pas perdre le cours de son récit, je vois ses mains qui s'entortillent, je perçois l'embarras qui s'est emparé de tout son corps. Quand elle parle, c'est d'un hoquet à l'autre. Sur sa chaise, elle change sans cesse de position. Les mots lui viennent du ventre, soulèvent sa frêle poitrine, ses épaules. Tout son corps est scandalisé. Elle se sent mal, se redresse brusquement, s'offre, le buste en avant, comme si elle devait s'exprimer devant un prétoire, à la barre. Elle accuse :

— Je vais tout vous dire, parce que c'est vous. Je ne pensais jamais avoir à témoigner. Mais il m'a trop fait souffrir. Je croyais avoir tout subi, le pire, jour après jour, dix années durant. Par amour pour un monstre.

Olga raconte tout, en effet, de cette extravagante histoire contenue en elle depuis des décennies. Sa voix, au début, n'est qu'un filet, mais elle ne tarit pas, elle gagne en force, en coffre, en intensité, elle affirme mieux, elle scande les mots. Je suis captivée. Par elle et par ce qu'elle dit de lui.

Au sortir de Terezín, Kampa veut réussir, être connu, reconnu. En 1945, il a vingt ans, tout juste. Une silhouette imposante, un grand garçon. Belle gueule, regard déjà un peu fou, longs cheveux blonds qui lui tombent sur les épaules. Mais sourire carnassier, meurtrier. Un an qu'il sort avec la jeune étudiante en médecine Olga Tessarova, fille d'un proche d'Edvard Beneš, le président de la République. Pavel est

fasciné par son entourage, par les siens, par leur
aisance dans la conversation, la démarche,
l'allure. Lui n'est rien, aucune famille, en tout
cas rien de marquant, graine de prolétaire, les
complexes qui vont avec, pas d'argent ni d'éducation chez ses parents, ouvriers à l'usine de
chaussures Bata. Honte de ses origines, besoin
de taire ce rien. Il est parti de chez lui, affabule,
raconte à Olga qu'il est orphelin, elle le croit
bien volontiers. Il a commencé ses études à la
faculté de médecine, mais sent bien que ce sera
long, qu'il lui faudra des années avant de retenir l'attention. Et il y a tant de jeunes médecins
sur terre ! Comment devenir Pavel Kampa ?
Comment imposer ce nom à sa génération, à
son époque, à la planète entière ? Il veut plaire
aux femmes, il a fière allure, il veut un public.
Un moment, il a d'ailleurs songé à faire l'acteur
au Théâtre national.

Olga le croit encore quand il lui dit qu'il
l'aime, qu'il aspire à fonder une famille. Elle
est vierge à vingt ans. Lui, certainement pas, il
y a déjà des filles qui lui courent après, des
actrices, une certaine Milena qui travaille dans
un bar et qui couche avec tout le monde. Pavel

se fait insistant. Confesse à Olga son très grand amour. Lui récite des poèmes d'André Breton. L'embrasse trop brutalement, la déflore un soir où il a bu. Elle pleure, il boit davantage encore. Le lendemain, c'est à peine s'il se souvient.

Elle attend un enfant de lui. Il lui dit que c'est un peu tôt. Elle avorte une première fois. Un an après, elle est de nouveau enceinte. Il n'est pas prêt à être père, même s'il l'a épousée entre-temps. Trop occupé à procréer ailleurs. Il rêve de faire de la politique, de travailler pour le gouvernement de coalition, il se rend à des meetings, applaudit haut et fort à la nationalisation des moyens de production, à l'expulsion des trois millions de germanophones du pays. Il commence à écrire des articles, des poèmes, s'inscrit au parti communiste et s'arrange pour être remarqué par le secrétaire général, Klement Gottwald, qui se prend d'affection pour ce jeune auteur plein d'ambition. Kampa fait du zèle auprès du Parti, devient l'un de ses porte-parole, rédige des odes, des discours.

— Jusqu'à ce jour, je ne savais pas qu'une autre femme avait encore plus souffert de lui. Ce deuxième enfant que je portais, il a fallu que je m'en débarrasse contre la promesse que nous ferions une famille un peu plus tard. Mais l'opération s'est mal passée, le médecin m'a négligée et je lui dois aujourd'hui de n'avoir pas d'enfant. On ne pouvait arrêter Pavel sur sa route, il avait décidé d'éblouir le monde à n'importe quel prix. Ma douleur ne lui importait pas, il me disait que j'avais de la chance d'être sa femme. Que bientôt, il serait célèbre et que ça nous rendrait heureux, que nous serions enviés et fortunés.

– Par exemple en publiant un poème apocryphe de Desnos ?

– Oui, c'est comme cela que toute l'histoire a commencé. Pavel a prétendu publier un inédit de Desnos. Il y avait chez lui ce goût de la publicité qui l'a poursuivi toute sa vie et qu'il n'a jamais assouvi, à dire vrai. Très vite, cependant, de Paris, des protestations nous sont parvenues. En fait, Pavel avait retraduit lui-même en français, langue qu'il maîtrisait déjà très bien, un poème de Desnos dont il possédait une version en tchèque, celle qu'il avait confiée à *Svobodné Noviny*. Ça donne un texte quelque peu différent, mais nul ne peut être dupe. Regardez…

Olga ferme les yeux. Elle veut une fois encore prouver qu'elle sait reconnaître un livre aux ondes qu'il dégage. Elle ne voit rien, mais continue de parler. Sa main, qui cherche dans l'espace, paume grande ouverte, s'arrête sur le dos d'une couverture : elle extrait un volume des rayonnages de la réserve. Elle ouvre les yeux, ravie de son tour. Une édition illustrée de *La Mystérieuse*, publiée dans les années trente.

Elle me tend le texte et me désigne la dernière strophe, confondante de ressemblance avec le prétendu « dernier poème » :

> *J'ai tant rêvé de toi, tant marché, parlé*
> *Couché avec ton fantôme*
> *Qu'il ne me reste plus peut-être,*
> *Et pourtant, qu'à être fantôme*
> *Parmi les fantômes et plus ombre*
> *Cent fois que l'ombre qui se promène*
> *Et se promènera allègrement*
> *Sur le cadran solaire de ta vie.*

– C'est à partir de ce jour que l'imposture a commencé.

– L'imposture ?

– Oui, l'imposture absolue.

– Vous voulez dire que Pavel...

– ... Oui, je veux dire que Pavel Kampa n'est pas l'auteur de son œuvre.

36

J'entrerai dans tes vagues

LES livres ne soldent probablement pas tous les comptes que l'on a à régler, ce pourquoi on en écrit et lit toujours de nouveaux. Un jour que j'avais mal – c'était il y a un mois – et que rien ne pouvait soulager ma douleur, pas même Fred, parti pour une mission humanitaire au Sierra Leone, j'ai trouvé dans un *Cahier de l'Herne* un texte qui m'a sauvé la vie – enfin, le temps qu'il faut. C'était la troisième et avant-dernière lettre de déportation écrite le 15 juillet 1944 par Robert Desnos à Youki.

Je venais de vivre une semaine particulièrement éprouvante. Un malaise et, semble-t-il, une fausse couche. L'enfant n'était vraisemblablement pas de Fred, je n'avais rien à regretter, je ne savais même pas que j'étais enceinte. Je ne songeais plus qu'à aller à Prague. C'était l'ultime, l'indispensable destination. Fred m'interdisait de rencontrer Kampa, certain que celui-ci me ferait du mal. Pourtant, j'en rêvais désormais, de cet homme, j'avais tant à lui dire, tant à lui confier ! Maintenant que le rideau de fer était tombé, que l'Histoire creusait son sillon de vérité, que les archives s'ouvraient, rien ne s'opposait plus à ce que je rencontre mon père. J'avais lu ses poésies. C'était un poète, un grand poète, consacré, adulé, vénéré. Mais j'étais encore trop faible, aux yeux de Fred, pour entreprendre un pareil voyage sur les traces maternelles. Après avoir revu mon médecin habituel, le diététicien de l'hôpital, essayé un nouveau traitement, parlé avec quelques amis au courant du mal qui me rongeait depuis tant d'années, j'avais tenté de dormir plus longtemps que de raison en avalant une plaque entière de Nautamine. J'avais dormi, en effet, un abrutissement de vingt-quatre heures, un semi-coma sans boire ni manger, en rouvrant une ou deux fois l'œil, la langue sèche, avec, au réveil, des heures de remise en route, d'intenses migraines, des jambes qui ne répondaient plus à mon désir de prendre la fuite en courant.

Personne ne s'était inquiété de mon absence, pas même l'amie que je devais retrouver, le soir même, pour une conférence au Centre Pompidou autour de l'œuvre de Walter Benjamin.

Je m'étais dit ce jour-là que rien ne me retenait à la vie et que je pouvais bien être ou ne pas être sans que cela perturbât en rien l'ordre du monde. J'avais tant envie de tourner la page, de mettre un point final à cette affligeante parodie d'existence : personne ne pouvait rien pour moi et je n'attendais de personne qu'il me guérisse. Je savais bien que Fred m'aimait, mais son amour ne me sauvait de rien. J'étais lucide : la vie et moi ne faisions pas bon ménage. Assurée de ne rendre aucun être malheureux en me détruisant, je songeais donc sérieusement à la date et à la fin que je me promettais. Tout en inclinant pour les médicaments qui ne m'avaient pas réussi jusque-là, je n'excluais pas de m'ouvrir cette fois les veines, ou la gorge, ou le cœur. C'est alors qu'en feuilletant l'ouvrage consacré à Desnos, je tombai sur la lettre à Youki.

« Notre souffrance serait intolérable si nous ne pouvions la considérer comme une maladie passagère et sentimentale. Nos retrouvailles embelliront notre vie pour au moins trente ans. De mon côté, je prends une bonne gorgée de jeunesse ; je reviendrai rempli d'amour et de forces. Pendant le travail, un anniversaire, mon anniversaire, fut l'occasion d'une longue pensée pour toi. Cette lettre parviendra-t-elle à temps pour ton anniversaire ? J'aurais voulu t'offrir cent mille cigarettes blondes, douze robes des grands couturiers, l'appartement de la rue de Seine, une automobile, la petite maison de la forêt de Compiègne, celle de Belle-Île et un petit bouquet à quatre sous. En mon absence, achète toujours les fleurs, je te les rembourserai. Le reste, je te le promets pour plus tard. »

37

La tempête cœur du monde

ON sait pourquoi Desnos n'a pas tenu sa promesse. Mais moi, depuis longtemps, je rêvais de retourner à Belle-Île. La coïncidence était trop forte. J'y avais séjourné six étés de suite avec Maman, nous louions une chambre à l'hôtel de l'Apothicairerie, chez un couple de vieilles sœurs, et ces étés, coupant nos années passées à Sarcelles, avaient été miraculeux. Je me suis dit que le retour à Belle-Île me ferait du bien.

C'était il y a trois semaines. Je fis ma valise en choisissant d'emporter mes lettres importantes, un bon paquet de photographies, dont celle où je posais avec ma mère et la chatte Irma, quelques livres qui ne m'avaient jamais quittée. Je pris le train jusqu'à Auray, puis un tortillard le long de la côte pour rejoindre Quiberon, et, de là, un gros fer à repasser qui, trois quarts d'heure plus tard, mouillerait au port du Palais.

Je louai une chambre simple à l'hôtel Atlantique, juste devant l'embarcadère. Un hôtel ouvert toute l'année. Une tempête se préparait pour la fin de la semaine. Un taxi se proposa de me faire faire le tour de l'île. Le premier jour, nous sommes restés à l'intérieur des terres, près des deux grands dolmens que je voulais revoir, me souvenant que « Merlin vient le soir/ Quand vals et montagnes/ Sont noirs ».

Le lendemain, je suis allée sur les traces de Maman et de mon enfance, des plages, des marchands de glaces, du phare, à Sauzon, à l'Apothicairerie enfin. La mer soufflait violemment. Un peu plus loin, à la pointe des Poulains, devant le fort de Sarah Bernhardt, la lande était couverte de flocons : l'écume des eaux barattées par le vent et les roches. À son tour le ciel se mit à neiger et je me souvins de nos jeux, de Maman qui avait appris à peindre des paysages et qui tentait de faire tenir son chevalet malgré les bourrasques. Je me souvins de cet été où Piotr nous avait accompagnées et où il avait photographié nos baignades, nos défis innocents devant les fortes vagues, notre amour des petits chevaux, et nos longues promenades sur le sentier côtier. Puis, je suis partie à la recherche de cette maison idéale de Belle-Île que Youki avait failli habiter.

Belle-Île est une aubaine. Youki et Desnos l'ont découverte à l'été 1937. Ils marchent, un jour, le long du littoral jusqu'à la Belle Fontaine de Port-Larron. Vauban a fait installer là une gigantesque citerne qui sert à approvisionner en eau douce les bâtiments de passage. Un peintre aide le poète à obtenir un bail emphytéotique, quatre-vingt-dix-neuf ans, pour louer à l'État le petit fort qui jouxte Belle Fontaine. Desnos est heureux, il s'espère maire de la commune la plus importante, Le Palais. La maison fait rêver les amants, ils en obtiennent une aquarelle du peintre et la prennent en photo. Elle donne accès à trois plages privées et à un immense réservoir d'eau douce. Trois étés durant ils viennent à Belle-Île. Mais les pourparlers d'achat de la maison échouent. Un grand malaise pèse déjà lourdement sur l'Europe.

Quant à moi, au bout de trois jours, harcelée

par Fred qui, une fois de plus, a retrouvé ma trace et s'inquiète comme toujours, je dois rentrer à Paris sans avoir atteint le cœur de mon voyage, ce lieu où enfin me poser, protégée et ouverte.

38

Mais je connais une chanson bien plus belle…

LES psy se sont passionnés pour ce qu'ils appellent mon « addiction sans drogue ». Ils y mettent pêle-mêle, mon activité sexuelle, jugée frénétique, une certaine tendance à la kleptomanie et, bien évidemment, mes troubles du comportement alimentaire. Un vide immense habite mon corps. J'ai décidé d'en finir pour de bon.

Suit alors la scène sanglante qui a entaché, il y a dix jours, les murs blancs du salon de Fred, le tapis en fibres de coco, les livres de la bibliothèque et notre relation amoureuse.

Fred prépare le déjeuner les samedi et dimanche. Il insiste pour que je mange à heures fixes, treize heures trente et vingt et une heures ; il cuisine lui-même : de la viande qu'il fait griller, de la lotte parfois, ou du haddock cuit dans le lait avec des pommes de terre, des légumes bouillis, des girolles pour commencer, un gâteau au fromage blanc, sans trop de sucre. Mine de rien, il me place à table, me raconte des histoires drôles survenues au bloc opératoire, me parle de sa semaine à l'hôpital, dépose la nourriture dans mon assiette comme si de rien n'était, il grignote, me tend une fourchette avec un morceau de champignon, esquisse un sourire, tente un baiser. Je le regarde, prise au piège de cette nutrition amoureuse.

Ce samedi-là, il a voulu me demander pourquoi j'avais découché, la veille au soir, et me dire qu'il le savait parce que sa garde avait été repoussée au dernier moment et qu'il m'avait attendue toute la nuit, jusqu'à cinq heures du matin, heure à laquelle j'étais rentrée avec le visage souillé, défait. Nous n'avions pas réussi à nous parler.

— Qu'attends-tu donc de la vie ?
— Qu'elle cesse.
— Dis-moi ce qui te ferait plaisir.
— Que tu m'aimes moins.
Fred a réfléchi, a repris sa respiration, est allé

puiser des forces dans sa poitrine, dans son ventre, et m'a dit pour la première fois :

– Je te déteste.

Alors est montée en moi une rage folle impossible à endiguer, j'ai bondi de ma chaise, j'ai arraché mon chemisier, me suis saisie d'un long couteau très effilé et je me suis entaillé les veines du poignet droit d'un coup sec.

Avec ma main dressée d'où jaillissait le sang, j'ai fait le tour de la pièce.

Fred a tenté de me ceinturer et de me garrotter. Puis, le Samu est venu et on m'a hospitalisée pour la neuvième fois.

J'ai su alors que la seule manière de rompre ce cercle infernal était d'aller à Prague.

39

Et le corps du plus vicieux reste pur

FAUT-IL que la vie soit à ce point identique à elle-même, que tout ce chemin parcouru au fil du temps ne soit qu'une boucle, un incessant retour sur soi, une même image, celle des origines, qu'on n'avance pas d'un pouce, qu'on n'en finisse jamais de faire du surplace ?

C'est l'épreuve de ma vie, et je ne sais comment l'expliquer. J'ai mis du temps à le comprendre alors que c'était là depuis le début, vraiment là, sans jamais me quitter. Ce que j'ai à dire n'est ni gracieux ni séduisant et ne mérite d'être ni enjolivé, ni dramatisé. Là, je parle de moi, mais d'un moi en danger. Toutes et tous avons en nous un secret enfoui, un quelque chose qui ne se dit pas, ou pas bien, ou qu'il faut arracher à la langue. J'ai connu un être qui avait tout pour lui, l'intelligence, la beauté, le talent, la réussite intellectuelle et matérielle, sauf qu'une souffrance dont il ne parlait jamais l'a conduit à se suicider : il ne pouvait avoir d'enfant. Pour ce qui me concerne, c'est l'histoire d'un homme qui a toujours répondu absent, l'histoire d'un père comme il en existe des milliers, qui abuse de sa fille comme il a abusé de tout, des femmes, de la vie, et de la création d'un autre.

« Je suis ce qui te manque », m'as-tu dit pour conclure. Tu ne pensais pas si bien dire !

Qui es-tu, Pavel Kampa, sinon un imposteur professionnel ? Une pathologie, certainement. Mais ceci n'excuse pas cela. C'est mal tombé pour moi ; c'est tombé sur mon père.

Quand tu m'as ouvert ta porte pour la seconde fois de la journée, tu ne savais assurément pas à quoi tu allais t'engager. Tu as cru que la proie revenait dans tes filets, naïve, offerte. Petit poisson du jour. Toi qui avais tant chassé, tant possédé, tant contraint ! J'étais la dernière victime avant la Légion d'honneur. Tu n'avais guère de temps à consacrer à ça. En faisant attention, peut-être te serais-tu méfié ? Tu aurais deviné un piège en forme de ressemblance, par trop évident. Mais non, tu étais impatient, jouir t'était nécessaire, drogué que tu es, une fois par jour ou par semaine, désormais, avec une étrangère de préférence. Depuis si longtemps persuadé de plaire, d'être un amant exemplaire. Je serais ton premier cadeau d'anniversaire. Un chiffre rond, ces soixante-dix ans, avec ta crinière, ta carrure, ton regard déterminé tu portes beau. Ce matin, je t'ai mis en appétit. Ma bouche t'a plu, même verrouillée, mon corps aussi, même si tu n'as rien obtenu de ce que tu voulais. Je suis jeune et tendre, et littéraire, et je t'admire. Je viens de loin pour te le dire. De Paris, la ville où tu comptes tant d'amis. Je suis ta bouffée d'air frais, ton incarnat, ton messager, je viens me réfugier à tes pieds, t'interroger sur ce lointain passé où, étudiant, tu étais pressé, pressé d'exister, de publier, de briller. Tes vingt ans m'ont intriguée, tu vas survoler pour moi ces années, ta biographie qui ne m'intéresse plus, jusqu'à Desnos et son poème, le bon dernier, et ton blasphème face à l'éternité ! Quoi, ce poème inédit que tu as recueilli, ces ultimes vers avaient déjà eu une première vie ? Tu ne vas rien répondre à ça, ni oui ni non, ni merci ni pardon. Je me doute du reste, déjà.

Je suis de nouveau là. La tenture s'ouvre sur ton couloir, ton théâtre. Mon parloir. Tu ne sais pas qui je suis, ni ce que je sais. Tu crois m'avoir, m'avoir à toi. Je serai ton miroir. Rien d'autre à voir. Il est cinq heures de l'après-midi. C'est très français, ce rendez-vous. Les vêpres ou la sieste, l'amour à l'heure du thé. Tu as enfilé une chemise blanche, bien repassée cette fois, tu as revêtu un pantalon de satin noir. Encore pieds nus, d'immenses pieds d'ogre aux ongles démesurés. Des souliers vernis traînent sur le plancher. Pipo, Juan et Bouffi font un concours de lacets. Et restent aux aguets entre deux acrobaties.

Le monde entier t'attend, une ambassade se prépare, un ministre, un président et tant d'amis qui te craignent. Un tapis se déroule, tu t'y pavanes par avance. Quand la France t'honore, c'est toi qui honores la France, penses-tu ! Ta légion de mots te vaut d'être commandeur. Dans ton bureau, ce soir, un air d'opéra. De *Don Giovanni*, créé ici même à Prague, c'est l'épisode que tu préfères, quand la Statue l'entraîne par la main en enfer. Commandeur ! Voilà bien le mot, le nom qui donne le ton. Tu commandes. Je dispose. Tu as toujours commandé, tout commandé : le Parti, la critique, l'Académie, le couple, la femme, le désir. Alors tu n'as pas de temps à perdre, c'est embrassée, couchée, offerte que tu me veux. *Allegro ma non troppo.* Tu m'attires dans la pièce d'à côté et déjà, comme si nous l'avions ensemble décidé, tu m'étreins, à deux mains, tu te saisis de mes hanches, de mon ventre, de mon bassin, tu me portes dans tes bras, pas après pas, jusqu'à un lit qui paraît placé pour ça.

C'est à peine, au début, si je me débats. Je suis à demi allongée, placée en travers, la nuque contre le mur, les jambes pendant de l'autre côté du matelas.

Je t'ai laissé ouvrir mon chemisier, arracher un bouton pour y arriver, je t'ai laissé dégrafer ce léger bustier velouté de tulle noir. Je me suis faite belle. Mousseline. Poitrine nue ou presque. Tes grosses mains bleuies par tant de veines se posent sur moi, s'imposent à mes formes, parlent de m'aimer.

Ta bouche, elle, ne dit rien.

J'arrache le bustier pour te venir en aide. Mes seins, mon ventre, mon nombril. Tes yeux s'accrochent à mon gri-gri. L'ours dressé qui regarde la comète. Ce tatouage fait souvent de l'effet sur les hommes. Sur toi, c'est une déflagration. Tu cherches, tu cherches, derrière ton front qui se ride, d'où te vient cette scène, ce sentiment d'avoir déjà vécu cet instant-là. Tu me dévisages.

— Tu ne me reconnais pas ?

— À quoi te reconnaîtrais-je ?

— À toi.

— À moi ?

— À ce qu'il y a de toi en moi.

— Je ne te connais pas.

— Tu m'as voulue, pourtant.

— À l'instant, oui, je t'ai voulue.

— Pas avant ?

— Comment aurais-je pu ?

— Tu aurais pu. Mais, en effet, tu n'as pas voulu.

Tu t'es brusquement levé. Tu ne me regardes plus. Tu vas et viens sur deux ou trois mètres devant le lit que je ne quitte pas. Je reste allongée, tu ne peux détourner longtemps les yeux de mon tatouage. L'ours te nargue, la comète t'éblouit. Tu te souviens d'une femme, certainement, du ventre d'une femme ; de cet ours-là, déjà, de cette même comète tu te souviens, c'était il y a longtemps, mais cela ne s'oublie pas.

— Et ça ? dis-tu en désignant mon ventre.

— Ça, c'est un signe. Un signe de famille.

— Ça veut dire quoi ?

— Ça veut dire que je suis la fille de ma mère.

Tu t'assois au bord du lit. Assez loin, du côté de mes pieds. Comme pour m'éviter et m'écouter en même temps. Je parle, désormais. De Maman. De son nom de femme, Agathe Roussel, journaliste, amie de Russalka. De cet été-là, 1968, le mois d'août sur la place Wenceslas.

Je vois que cela te dit quelque chose, mais que c'est si lointain, incertain. Tu ne te souviens pas vraiment de Maman, je veux bien te croire, tu as possédé tant de femmes avant et après, mais du tatouage oui. Te revient donc cette nuit avec une Française, Agathe, c'était son nom, dans sa chambre, au Yalta, c'est vrai, mais tu me jures que c'était une nuit, rien de plus. Je te crois. À l'époque tu vivais avec une actrice du Théâtre national, tu n'étais pas libre, la Française avait rappelé le lendemain pour te revoir, mais tu ne pouvais pas parce que Milena était jalouse et ne te passait rien. Et puis il y avait les chars, là, sur la place, le pays en détresse, les larmes de Dubček.

Et le tatouage, alors ? Le tatouage, c'était toi. C'était ton idée. C'était pour lui laisser quelque chose de toi. C'est toi qui l'avais payé, d'ailleurs. Il avait été exécuté par un Chinois de la rue Nerudova, et Agathe, puisque tel était son nom, avait acquiescé, avait aimé. Vous vous étiez séparés ainsi, la parabole le voulait : toi, l'ours mal léché qui ne quitte pas ses forêts, ses montagnes ; elle, la comète qui file, qui brille. Et tu me jures que non, au grand jamais tu n'as eu de nouvelles ni d'elle, ni d'un enfant qui serait de vous.

— Tu ne m'as pas reconnue.
— Je ne t'ai jamais vue.
— Tu m'as faite.

Étrangement, tu consultes ta montre. Tu ne veux pas aller plus loin. Tu en as trop entendu.

Je suis toujours sur le lit. Pipo, Juan et Bouffi m'ont rejointe. Se pelotonnent contre moi, frottent leurs têtes contre mon ventre, intrigués par l'ours bleu qui s'anime au rythme de ma respiration. Tu voudrais bien en avoir fini, puisque le désir est retombé, que la gêne est arrivée. Tu t'habilles, cherches tes souliers vernis, fais mine de passer une veste. Tu ne sais plus y faire, comment te comporter. Avec une femme avec qui on a failli coucher ? Avec une étudiante qui aurait tout inventé ? Ou bien avec ta fille, ton enfant, un être dont tu as tout ignoré, l'existence comme les souffrances ? La montre, c'est juste pour passer à autre chose, pour sortir, sortir, oui, de cette tanière, et prendre l'air. Il est cinq heures trente, le temps d'aller à l'ambassade, la soirée qu'on ne peut manquer : Havel, les Français, la décoration, tout le pays, les journaux, les radios et les télévisions. Après, c'est promis, tu m'invites à dîner, tu me parleras. Nous déciderons. Comment, quand et pourquoi. Déjà, tu me regardes différemment, tes yeux se font plus doux, tes manières plus tendres, ton allure moins fréné-

tique. Peut-être aurais-tu fait un bon père.
Mais c'est vraiment trop tard.

– J'ai vu Olga aujourd'hui. Olga Tessarova.

Tu sursautes. Qu'est-ce qu'Olga vient faire
dans tout cela ? Pourquoi faut-il la mêler à ces
histoires ? Cela fait longtemps que vous n'êtes
plus mariés, elle qui n'a jamais été capable de
te faire un enfant. Rien de cela ne la regarde.

– Elle m'a tout raconté.

– Raconté que j'ai été un mauvais mari ?
Que je l'ai trompée ? Toutes les femmes disent
cela, depuis toujours, de tous les hommes.

– Non, elle m'a raconté comment tu as écrit
tes livres. Comment, au moment de la mort
de Desnos, tu as dissimulé sa valise de prisonnier. Du cuir bouilli, bourré de manuscrits.
Tous les poèmes emportés de Paris, de nombreux inédits, mais surtout une dizaine de
recueils, composés dans les camps, à Compiègne, à Auschwitz, à Flöha, un peu partout.
Des textes bouleversants, la plus belle partie de
son œuvre, assurément. Comment tu as tenté
une première supercherie avec son dernier
poème en exhumant ce qu'il avait déjà publié.
Puis comment tu t'es mis à traduire les inédits

en tchèque, en te les attribuant cette fois, en les altérant un peu, en en changeant le sens, la musique, l'intention, pour n'être pas confondu. Comment, des années durant, tu as sorti mois après mois un texte, un autre, dans les journaux, les revues, puis en volumes. Olga seule sait que Desnos avait ces textes avec lui, des centaines de feuillets griffonnés, ces fables qui ont fait ton succès, tandis que tes romans n'ont jamais été appréciés, ni tous ces livres que tu as publiés après, qui étaient de toi mais qui n'étaient pas bons. Pourquoi, de ton œuvre, on ne retient que tes traductions des manuscrits volés à Desnos, pourquoi de la poésie seule tu auras été crédité. Tout ce que tu n'as jamais reconnu : ton plagiat, tes forfaits, les femmes et tes lecteurs abusés, moi qui vais enfin t'obliger à paraître nu.

Tu laisses tomber ta veste à terre. Un instant je t'imagine capable de te ruer sur moi. Tu sembles hésiter. Tes yeux sont devenus noirs, à faire peur. Je me rhabille comme si de rien n'était, le plus calmement possible, comme si je ne risquais rien ; je ramasse mon bustier, je boutonne mon chemisier tranquillement, tire mes cheveux en arrière pour me donner de l'allure. Je crâne et te répète que je suis prête, prête, oui, à t'accompagner à l'ambassade, si tu veux vraiment y aller, mais que si tu y vas, je parlerai, je dirai tout. Pour une Légion d'honneur, ça n'est pas mal, j'aurai un bon public, et la presse, tu t'en doutes, et tes amis, les centaines d'invités, le président Havel que tu as tant jalousé, le monde entier pour témoin.

J'ai la force de dire tout cela face à ton imposante carrure, de passer devant toi, de t'annoncer le programme de la soirée, de rassembler mon sac et mon fatras, puis de reculer, jusqu'à parvenir à la porte par laquelle je suis entrée.

Tu es pâle, pâle à en mourir, ton sang s'est retiré de ton visage, ton corps s'effondre. Tu es confondu. Tu n'iras pas à l'ambassade, je le devine maintenant. Moi, je vais tout de même y aller pour être vraiment sûre. Je marche à reculons dans le couloir, tu avances vers moi, mais lentement. Je suis sur le perron, déjà dehors, tu t'es arrêté, tu as voulu me retenir, me prendre par le bras. Puis, tu t'es saisi d'un fusil, ton fusil de chasse qui pend le long du

mur d'entrée pour mieux témoigner de tes tro-
phées dérisoires de tireur ordinaire...

Le taxi que tu avais commandé pour toi est
garé devant la maison. Je monte dans la voiture, le chauffeur démarre, allume ses phares,
éclaire ta porte pleins feux. Je te vois dans
l'embrasure, ébloui, le visage caché par tes
mains, comme le prévenu qui se protège des
flashes des photographes. Mais rassure-toi, tu
n'es pas seul, Pavel, ils sont nombreux, de notre
temps, les mystificateurs, les contrefacteurs.
Certes, tu as construit ta vie en volant celle
d'autrui, en trompant ton monde, tu es l'apocryphe absolu, mais tu sais bien, et mieux que
personne, ce que Borges a dit : « Tout ceci est
vrai parce que je l'ai inventé. »

40

Nous boirons toute la nuit
si tu le désires

À la Résidence de France, place du Grand-Prieur, c'est soir de fête. Je suis arrivée en retard. Vingt bonnes minutes après l'heure indiquée sur le bristol. J'ai abandonné le taxi dans les embouteillages, j'ai couru, me suis perdue dans le dédale de Malá Strana, ai fini par trouver. Je n'aurais manqué la soirée pour rien au monde. Sur la place pavée, entre le palais de l'ordre de Malte et celui qui abrite l'ambassade, la chaussée est humide, glissante, le pavé traître, je fais attention, on promet du grésil pour cette nuit, à moins que ce ne soit de la neige. Il n'y a plus de place pour garer les véhicules, entre les cars de télévisions, les voitures de maître, les chauffeurs d'officiels et les services de sécurité sur leurs gardes.

À l'intérieur, on se croirait sur un tournage de film à grand spectacle. Encore faut-il avoir pu entrer, montrer carton, carte d'identité et patte blanche, puis avoir déposé au vestiaire manteaux, sacs, chaussettes et chaussures fourrées pour la route. Je bouscule le protocole, brûle la politesse à deux ou trois retardataires, empêtrés dans leurs lainages et leurs civilités. On râle autour de moi. S'ils savaient qu'il n'y aura rien à voir ! Le film a commencé ailleurs, et les acteurs ici sont au chômage. La maison qui a abrité le tournage d'*Amadeus*, le film de Miloš Forman, se prête à merveille à l'illusion. D'immenses pièces en enfilade, lustres à pampilles, corniches en stuc, poêles magnifiques en céramique, toiles aux murs, tapis épais au sol sur de beaux parquets vernis : des décors envahis par une foule joyeuse qui se prend les pieds, en râlant à peine, dans les câbles des projecteurs et des caméras au pied de l'escalier monumental. À l'entrée, sous le porche, dans ce vestibule qui fait l'admiration de tous pour son plancher de petits pavés carrés en bois, la télévision tchèque, la BBC et Arte ont installé leurs régies. Micros et caméras s'exercent depuis une heure sur le perron en s'adressant aux invités les plus fameux, aux artistes et écrivains venus de tout le pays, aux politiciens, à des mannequins tchèques et slovaques de grande réputation, à quelques figures de la jet-set locale et internationale.

Un projecteur m'éblouit, je réponds en anglais à une question d'un journaliste espagnol qui m'a trouvée à son goût quand je suis arrivée. Suis-je heureuse d'être là ce soir ? « C'est le plus beau jour de ma vie. » Vraiment ? insiste-t-il, sidéré par mon enthousiasme. Vraiment, j'avoue, j'attends ce jour depuis que je suis née... Incrédule, il se tourne, et la caméra le suit, vers un couple nouvellement arrivé, terriblement glamour, elle en très courte robe fourreau noire à paillettes, lui en smoking orné d'un fin liseré rouge qui fait toute la différence avec les tenues ordinaires des pingouins d'ambassade.

À l'étage, dans les salons, on s'attarde, on commente, on se salue, on s'embrasse. En attendant que ça commence, que Kampa arrive, on traîne, de bonne humeur. Prague est heureuse d'être là, à l'invitation de la France, du pays d'Auguste Rodin, de Guillaume Apollinaire et d'Henri Matisse. Prague jubile, réconciliée avec elle-même, les nouveaux et les anciens, les dissidents et les collabos, les communistes et les libéraux. En récompensant Pavel Kampa, c'est toute la Bohême, la culture tchèque, son histoire, dans sa revendication identitaire comme dans sa diversité, que la France, terre des arts, salue haut et fort. Ce sont cinquante années d'après-guerre qui sont distinguées, un demi-siècle de vénération pour la littérature française, à commencer par l'œuvre poétique de Robert Desnos qui s'achève l'année même où celle de Pavel Kampa commence.

C'est ce passage de témoin entre le poète qui meurt et le poète qui naît, entre une langue et une autre, une rime et une autre, qu'on va célébrer ce soir-là. Le discours de l'ambassadeur sera certainement truffé de parallèles entre les deux pays, d'évocations de l'intégration probable de la République tchèque à l'Union européenne. Ainsi le journaliste d'Arte présente-t-il le débat en donnant la parole à quelques figures charismatiques des relations entre Paris et Prague, réunies dans un petit salon, sorte de studio improvisé meublé de banquettes en velours cramoisi. Je passe une tête et reconnais l'écrivain Václav Jamek, le poète Petr Král, les deux cinéastes Vera Chytilova et Jiři Menzel, l'impressionnante Edmonde Charles-Roux dont le père fut ambassadeur ici même avant la guerre, le politologue Jacques Rupnik, ainsi que Jack Lang, venu en personne de Paris remettre à Kampa la prestigieuse cravate.

L'ambassadeur n'est pas peu fier. Jusqu'à hier, rien n'était sûr. Mais ce matin, il a eu confirmation que le président Václav Havel serait bien là. La presse a été conviée pour ces retrouvailles historiques, elle est venue de partout. La brouille date du lendemain du Printemps de Prague. Olga m'en a raconté le détail. Havel avait commencé à militer au sein de la dissidence, présidant la Charte 77 et le payant de quelques années de prison. Kampa, nobélisé en 1971, n'a eu de cesse, lui, de rechercher les honneurs, les distinctions, jaloux de tous les pouvoirs, jusqu'à s'irriter de l'attribution d'un second Nobel de littérature à un autre écrivain tchécoslovaque en 1984. Mais Jaroslav Seifert n'a pas eu le temps de lui faire beaucoup d'ombre : il est mort deux ans plus tard en emportant avec lui et sa gloire et son public.

Jusqu'alors Havel et Kampa s'étaient superbement ignorés puis ils avaient fini par s'opposer, deux ou trois fois, dans des tribunes, sur leur conception du monde, de la société, de la culture, de la littérature. Havel laissait entendre que Kampa aurait pu déployer une plus grande énergie pour faire tomber le régime, obsédé qu'il était par la reconnaissance publique, les flatteries des gouvernants. Kampa lui rétorquait qu'il se consacrait à élaborer une œuvre tandis que d'autres se souciaient davantage d'occuper la scène politique, mus par une ambition sans bornes qui les porterait à la tête de l'État. Preuve en est le théâtre de Havel, peu joué, déjà daté, ses essais philosophiques illisibles hors du contexte historique et politique, tandis que sa poésie à lui traverse les générations, s'adresse à la jeunesse, franchit les frontières. D'invectives feutrées en francs coups de griffes, les deux hommes ont réussi à s'éviter sur la scène publique, et le lien semblait à jamais rompu quand Pavel Kampa fit savoir à Václav Havel, par un ami commun, qu'il apprécierait la présence du président tchèque à sa remise de décoration. Le Château a mis quelque temps à répondre, mais la semaine dernière, le chef du protocole a appelé l'ambassadeur pour lui confirmer la venue du chef de l'État. C'est ce que je retiens d'une conversation à voix basse entre deux pingouins bien français.

Havel est là. Impeccable dans un costume trois-pièces. Il se tient le plus droit possible, dans le salon d'honneur. Deux gardes du corps ménagent autour de lui un espace suffisant pour que le Président, qui se remet d'une sérieuse opération au poumon, puisse se sentir à l'aise. Il respire avec difficulté, on devine sur son visage la suffocation, une sourde douleur masquée par la cortisone. Il a grossi : sous le menton, un cou de taureau. L'ambassadeur ne le lâche pas d'une semelle. Bredouille deux ou trois mots de circonstance. Se rattrape en évoquant les Rolling Stones, le groupe favori du Président. Se souvient aussi des Plastic People. Havel sourit à l'évocation de ce temps révolu du rock alternatif de la Charte 77. L'ambassadeur, qui connaît son CV présidentiel sur le bout des boutons de manchettes, regagne du crédit, mais le retard pris par cette cérémonie finira par tout gâcher.

Le ministre conseiller de l'ambassade de France, prêt à accueillir Pavel Kampa à tout moment, fait le va-et-vient, cherche à joindre le prix Nobel, a déjà appelé une dizaine de fois chez lui, en vain. L'ambassadeur se veut rassurant : le verglas, les embouteillages, les voitures qui démarrent mal par ce grand froid, le stationnement difficile dans ce cul-de-sac de la place du Grand-Prieur, les artistes qui sont toujours en retard, l'inconscient qui les fait hésiter à reconnaître leur amour des honneurs... Kampa avait tout de même dit qu'il serait là dès six heures. On commence à se renvoyer la responsabilité : on aurait dû envoyer une voiture pour aller chercher Kampa. L'ambassade ou la présidence ? Le Président est pris d'une quinte de toux. Entre la pneumonie et l'asthme, il a quelque difficulté à tenir debout, il fait une telle chaleur dans le grand salon de la Résidence.

La foule s'agglutine. Tout le monde veut contempler Havel, précieuse relique d'une république héritée des préceptes de Jan Hus. Un saint homme. Je me faufile, prétextant une mission d'urgence auprès de l'ambassadeur, au milieu d'un groupe compact de diplomates en poste à Prague. Je me rapproche. Havel a l'air exténué. Merveilleuse bouille ronde avec cette moustache blond-gris en épaisse broussaille au-dessus de la lèvre supérieure, la trace brune de la nicotine sur le poil. Je ne suis plus qu'à deux mètres de lui, le molosse chargé de la sécurité me le rappelle en m'écrasant les orteils. Havel de profil, désormais. Ses oreilles aux gros lobes, avec une touffe de poils au beau milieu. Et sur la joue, en bas à gauche, cette petite boule de graisse, toute ronde, qui est sa marque de fabrique. Il tourne le regard vers moi. Derrière ses lunettes, de grands yeux clairs, étonnés, me saluent d'un pétillement de la pupille. Heureux de vivre, malgré tout. Sur son front, des gouttes de sueur. Un certain désarroi face aux circonstances : lui, le Président, attend Kampa qui n'est toujours pas là, quelle désinvolture, quel affront.

L'ambassadeur, nerveux, faussement décontracté. Jack Lang, toujours à l'aise, se fait photographier, serre des mains, distribue des mots aimables à ceux qui s'approchent de lui. Derrière eux, impassible, comme dans un garde-à-vous qu'il se serait imposé à lui-même, l'intendant de la Résidence avec, sur une chaise dorée, le coussin portant la cravate de commandeur de l'ordre de la Légion d'honneur.

La foule commence à manifester son impatience. Il est sept heures et quart bien tassées. Toujours pas de Kampa à l'horizon. Il connaît pourtant le chemin, insiste l'ambassadeur qui sait que l'animal n'a jamais dédaigné les réceptions données en son honneur. « Un soir d'anniversaire, tout est permis », dit avec humour le ministre français, venu tout exprès de Paris pour honorer son ami Kampa.

Derrière, plusieurs centaines de convives assoiffés et affamés poussent. Le bar n'est toujours pas ouvert. C'est la tradition. Si on la maintient, ce sera bientôt l'émeute. On doit pourtant attendre la fin de la cérémonie avant de donner à boire et à manger, ainsi le veut le protocole. Derrière les buffets, les serveurs en position défensive ont caché les bouteilles de champagne et recouvert les plateaux d'un film plastique. Les petits-fours, le poulet grillé, le foie gras, le saumon, un mélange de fromage frais et de radis pilé, des tranches de bœuf aux airelles, des boulettes de viande hachée narguent les invités. Pour une fois, le spectacle de la nourriture m'amuse et me ravit, de même que tous ces gens qui lorgnent, à défaut de champagne, les alignements de cannettes de Staropramen, de Plzenske et de Budweiser Budvar, les bouteilles de riesling et de müller-thurgau pour les blancs, de frankovka et de vavrinecke pour les rouges, et l'inévitable becherovka qu'on coupera au soda si ce fichu buffet ouvre un jour.

Sept heures et demie. Dans l'assistance, les premiers grondements. Le ministre conseiller rejoint l'ambassadeur, il n'a aucune nouvelle, ça ne répond nulle part, on a fait appeler la police. Une heure de retard, c'est carrément hors protocole. Les conseillers de Havel se concertent, le conciliabule est bref, le Président a l'air très embarrassé, la situation est humiliante pour lui. À croire que Kampa l'a fait exprès, dit le directeur de cabinet, et la rumeur passe d'une bouche à l'autre, en deux-trois minutes tout le salon est au courant. La foule s'écarte et applaudit spontanément, mais sans vraiment savoir pourquoi, si ce n'est pour soutenir le chef de l'État. Václav Havel se retire, impassible, l'air presque adolescent, suivi de près par l'ambassadeur aux traits tirés, au visage fermé.

L'ambassade de France à Prague va avoir mauvaise presse. Puisque Kampa n'a pas paru, que la cérémonie n'a pas eu lieu, que la décoration n'a pas été remise, que le Président s'est retiré sans boire ni manger, il faut en rester là. Le traiteur s'entend dire de tout remballer. Jack Lang donne des consignes pour organiser à l'improviste un dîner avec un groupe d'artistes au bar du Slavia.

Restent encore les journalistes avec leurs caméras, leurs micros, leurs stylos, reportages en suspens, ces câbles, ces projecteurs, ces perches, ces camions de régie, il y a la presse de tout le pays et de bien au-delà. À moi de jouer.

41

Vivants, ne craignez rien de moi
car je suis mort

JE me suis hissée sur une table et, du pied, je
l'ai débarrassée des verres qui l'encom-
braient. Le bruit de vaisselle cassée a stoppé net
le brouhaha qui s'était installé. Les serveurs
m'ont regardée, choqués. Les yeux des hommes
brillaient, un sifflet admiratif se fit même
entendre. J'ai pensé à Fred, qui devait être en
train d'atterrir à Paris, à sa force tranquille, à
sa patience et à sa foi dans l'être humain. Et
je me suis mise à parler, d'une voix ferme, au
débit saccadé.

J'ai dit qu'une femme était morte de tris-
tesse, sept ans plus tôt, qui avait trouvé refuge
une nuit ici même dans ce palais lors de l'inter-
vention soviétique en 1968. Elle avait porté à
la connaissance du monde libre les premiers
instants de l'insurrection. Journaliste française,

je l'ai nommée : Agathe Roussel. J'ai raconté comment elle avait passionnément aimé un homme, cet homme que ce soir tout le monde attendait. J'ai ajouté d'une voix plus forte que ces deux-là avaient une fille et que cette fille, à cette minute, était très en colère. Je n'en ai pas dit davantage.

Une stupeur muette s'est abattue sur le grand salon. Personne n'a dû saisir ce que voulait affirmer cette jeune pasionaria. Cela ne servait à rien de salir plus avant la mémoire de Pavel Kampa. On n'aurait d'ailleurs pas cru un mot de mon histoire.

42

Et lentement,
je neigerai sur sa bouche

Il est six heures du matin, à l'horloge astro-
nomique, sur la place de la Vieille Ville, en
ce samedi 28 janvier. Dans une heure à peine
le dernier poème du prix Nobel Pavel Kampa
fera la une de tous les quotidiens. Il y mettait
la touche finale juste avant sa disparition tra-
gique, pourra-t-on lire, entre deux allusions à
la réception manquée à l'ambassade de France
et aux rumeurs sur l'état de santé présidentiel,
plus grave qu'on ne le croyait. Un peu partout
dans le monde, on reproduira à coup sûr
l'ultime poème du génie fauché avant d'être
décoré. S'il devait un jour être traduit en français, certaines âmes malveillantes pourront y
trouver quelque ressemblance avec une œuvre
ancienne, avant la guerre, c'était si loin…
  Le jour se lève enfin et le soleil naissant de

Bohême aveugle le visage de la Mort squelettique qui tire la ficelle du temps pour dire que l'heure est venue.

C'est ainsi que la vie a gagné son pari.

Derrière la fenêtre de la chambre 615 de l'hôtel Yalta, à Prague, République tchèque, il neige à en perdre la vue. Et, foi de Youki, rose est la neige.

DES MÊMES AUTEURS
OLIVIER ET PATRICK POIVRE D'ARVOR

Aux Éditions Albin Michel

LA FIN DU MONDE, roman, 1998.

LES AVENTURIERS DU CIEL, livre illustré, Jeunesse, 2005.

LES AVENTURIERS DES MERS, livre illustré, Jeunesse, 2006.

Chez d'autres éditeurs

LE ROMAN DE VIRGINIE, roman, Balland, 1985.

COURRIERS DE NUIT, LE ROMAN DE L'AÉROPOSTALE, livre illustré, Mengès, 2002.

COUREURS DES MERS, LES DÉCOUVREURS, livre illustré, Mengès, 2003.

PIRATES ET CORSAIRES, livre illustré, Mengès, 2004.

COURRIERS DE NUIT, LA LÉGENDE DE MERMOZ ET DE SAINT EXUPÉRY, Mengès, 2004.

RÊVEURS DES MERS, Mengès, 2005.

LE MONDE SELON JULES VERNE, essai, Mengès, 2005.

CHASSEURS DE TRÉSOR ET AUTRES FLIBUSTIERS, livre illustré, Place des Victoires, 2005.

LAWRENCE D'ARABIE, LA QUÊTE DU DÉSERT, livre illustré, Mengès, 2006.

DISPARAÎTRE, roman, Gallimard, 2006.

FRÈRES ET SŒUR, Fayard, 2007.

FLIBUSTIERS ET CHASSEURS DE TRÉSORS, Mengès, 2007.

OLIVIER POIVRE D'ARVOR

APOLOGIE DU MARIAGE, essai, La Table Ronde, 1981.

FLÈCHES, LE MARTYRE DE SAINT SÉBASTIEN, récit, La Table Ronde, 1982 et 2003.

FIASCO, roman, Balland, 1984.

LES DIEUX DU JOUR, ESSAI SUR QUELQUES MYTHOLOGIES CONTEMPORAINES, Denoël, 1985.

CÔTÉ COUR, CÔTÉ CŒUR, roman, Balland, 1986.

VICTOR OU L'AMÉRIQUE, roman, Lattès, 1989.

LES PETITES ANTILLES DE PRAGUE, roman, Lattès, 1994

LE CLUB DES MOMIES, roman, Grasset, 1998.

PATRICK POIVRE D'ARVOR

Aux Éditions Albin Michel

LETTRES À L'ABSENTE, récit, 1993.

LES LOUPS ET LA BERGERIE, roman, 1994.

ELLE N'ÉTAIT PAS D'ICI, récit, 1995.

ANTHOLOGIE DES PLUS BEAUX POÈMES D'AMOUR, 1995.

UN HÉROS DE PASSAGE, roman, 1996.

LETTRE OUVERTE AUX VIOLEURS DE VIE PRIVÉE, essai, 1997.

UNE TRAHISON AMOUREUSE, roman, 1997.

PETIT HOMME, roman, 1999.

L'IRRÉSOLU, roman, prix Interallié, 2000.

UN ENFANT, roman, 2001.

LA MORT DE DON JUAN, roman, 2004.

Chez d'autres éditeurs

MAI 68, MAI 78, essai, Seghers, 1978.

LES ENFANTS DE L'AUBE, roman, Lattès, 1982.

DEUX AMANTS, roman, Lattès, 1984.

LA TRAVERSÉE DU MIROIR, roman, Balland, 1985 et Fayard, 2006.

LES DERNIERS TRAINS DE RÊVE, essai, Le Chêne, 1986.

RENCONTRES, essai, Lattès, 1987.

L'HOMME D'IMAGE, essai, Flammarion, 1992.

LES FEMMES DE MA VIE, récit, Grasset, 1998.

LES RATS DE GARDE, essai, avec Éric Zemmour, Stock, 2000.

J'AI AIMÉ UNE REINE, roman, Fayard, 2003.

CONFESSIONS, essai, Fayard, 2005.

UNE FRANCE VUE DU CIEL, avec Yann Arthus Bertrand, La Martinière, 2005.

L'ÂGE D'OR DU VOYAGE EN TRAIN, livre illustré, Le Chêne, 2006.

AIMER, C'EST AGIR : MES ENGAGEMENTS, essai, Fayard, 2007.

Tous les poèmes de Robert Desnos cités dans cet ouvrage sont édités aux Éditions Gallimard, sauf La Fourmi, Le Pélican *et* La Rose, *extraits de* Chante-fables et Chantefleurs *paru aux Éditions Gründ.*

Composition IGS
Impression Bussière, juillet 2007
Éditions Albin Michel
22, rue Huyghens, 75014 Paris
www.albin-michel.fr

ISBN broché 978-2-226-17977-7
ISBN luxe 978-2-226-18400-9
N° d'édition : 25399. – N° d'impression : 072375/4.
Dépôt légal : août 2007.
Imprimé en France.